Les Confins

Eliott de Gastines

Les Confins

Flammarion

ISBN : 978-2-0802-3471-1

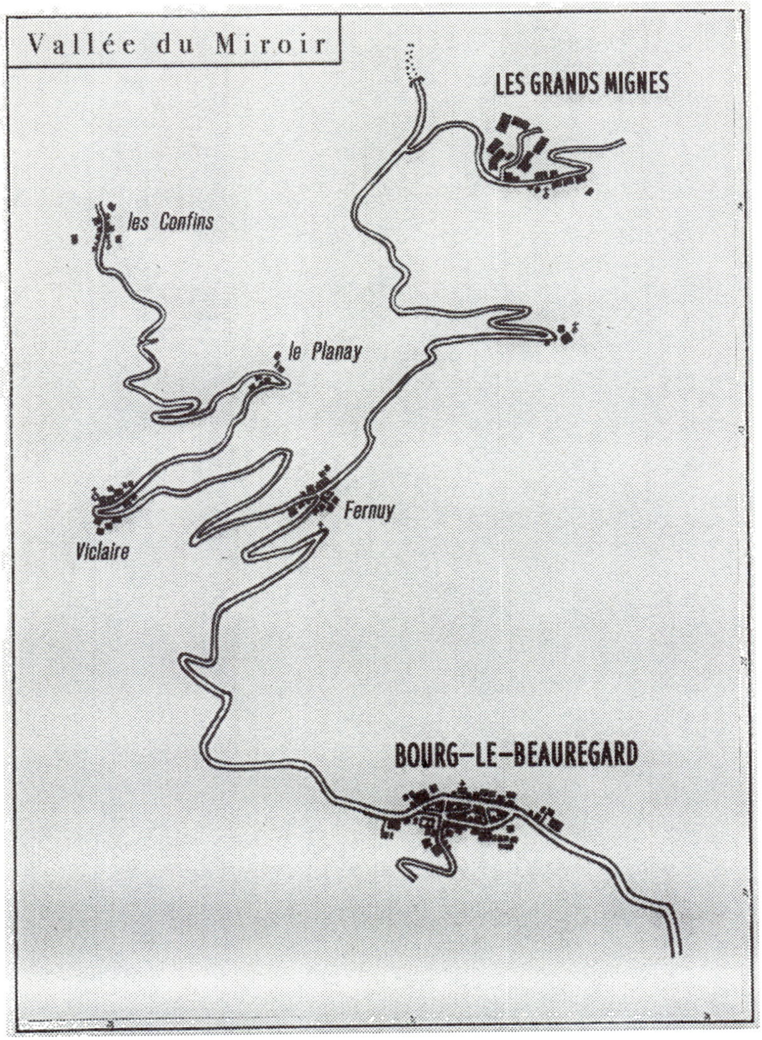
Vallée du Miroir
LES GRANDS MIGNES
les Confins
le Planay
Viclaire
Fernuy
BOURG-LE-BEAUREGARD

Prologue

Les événements qui se déroulèrent durant l'hiver 1984 dans le petit village des Confins, isolé à 1 644 mètres d'altitude, n'eurent que peu d'échos dans la presse régionale et nationale, et ce pour la bonne raison que personne ne parvenait à les expliquer. Aujourd'hui encore, Les Confins sont visités par quelques gendarmes obsessionnels. Des hommes solitaires, coupés de leurs proches et mus sans partage par cette fixette : comprendre ce qui s'est passé là-haut. La plupart des gens normaux qui s'approchent de ces lieux reculés, randonneurs, skieurs hors-piste ou alpinistes, eux, prennent soin d'éviter le village fantôme. Tous le fuient, craignant d'y disparaître comme son entière population lors de cet hiver de l'année 1984.

Les informations rendues publiques se résumaient à quelques faits bruts. Le nombre de morts. L'incendie de l'Hôtel des Voyageurs et de la quasi-totalité des chalets du village. La destruction de l'antenne-relais qui avait rendu impossible toute communication avec la vallée durant ce sinistre hiver. Dans les journaux locaux, de simples coupures ou de minces entrefilets énuméraient parfois ces faits, sans pour autant les relier entre eux pour en faire une histoire qui tienne debout.

Or les gendarmes qui les premiers se rendirent sur les lieux n'étaient pas plus avancés. Comment expliquer ces cadavres gelés qui jonchaient le sol des chalets en ruine comme celui des ruelles du village ? Comment expliquer ces habitations désertées à la hâte, quand d'autres semblaient avoir été sur-occupées tels des camps de prisonniers. D'où était parti le feu qui avait ravagé l'ensemble du village comme une vulgaire botte de paille ? Même les plus expérimentés ne furent jamais capables d'écrire un rapport convaincant au regard des éléments dont ils disposaient. Rien ne ressortait concrètement d'une enquête diligentée de manière pitoyable. Au moins les autorités avaient-elles pris soin de rendre invisible l'insoutenable avant l'arrivée de civils ou de journalistes sur les lieux. Et durant de très longues années, les gendarmes se gardèrent bien de déclarer ce qu'ils avaient vu en débarquant là-haut. Ils doutaient même d'être crus.

Ce que tout le monde savait, c'est qu'à l'hiver 1984, le village des Confins avait déjà l'habitude de passer les grands froids coupé du reste du monde. Le nombre d'habitants, de quelques centaines durant l'année, tombait alors à une petite vingtaine. L'unique route les reliant au bas de la vallée devenant impraticable en cette saison, la majorité de la population descendait vers des cieux plus cléments pour éviter cette réclusion. Les causes de cet isolement étaient en partie liées aux importantes chutes de neige qui parfois bloquaient la route du col. À cela s'ajoutait le tracé périlleux de la départementale 132. Cette combinaison de dangers avait forcé les autorités locales à en fermer l'accès.

Avant cela les accidents mortels se comptaient par dizaines chaque hiver. Ces malheureux conducteurs méritaient bien une sépulture, et les familles ne manquaient pas de réclamer les corps, aussi abîmés soient-ils. Si bien que les communes jalonnant la route dépensaient des fortunes pour récupérer les dépouilles, fracassées entre la tôle des carrosseries et les rochers tranchants qui habitaient le ravin sombre, boisé et très difficile d'accès. De sordides débats avaient lieu pour déterminer dans quelle commune les cascadeurs improvisés avaient terminé leur numéro, et à quelle caisse incomberaient les frais pour récupérer les maladroits. Les cadavres gelés trouvaient une seconde vie sous la forme de patates chaudes que l'on ne cessait de se renvoyer pour préserver les bourses.

Désincarcérer les corps n'était pas une mince affaire. En résultait un boulot monstre pour les pompiers et les gendarmes. On envoyait souvent les jeunes recrues remplir ces missions et, arrivés sur les *lieux du drame*, leurs vomissements allaient rejoindre le torrent en crue. Des heures entières, les plus endurcis analysaient d'inédites anatomies, produits de la réunion brutale des chromes et de la chair. Les radiateurs et les cylindres s'invitaient au tableau des organes vitaux. Le voile des pare-brise fracassés s'imprimait sur les crânes de mariées morts-vivantes. Les balais d'essuie-glaces formaient de nouveaux attributs en transperçant les omoplates, et s'ouvraient dans le dos des victimes comme des ailes. L'accès aux dépouilles était en soi un défi logistique. Les blessés n'étaient pas rares, et dans les villages alentour on s'indignait de telles expéditions. Bien des fois on avait frôlé la catastrophe. Et une fois que les corps – ou ce qu'il en restait – étaient enfin dégagés, une opération encore plus complexe et coûteuse suivait : extraire les épaves du paysage. On risquait la vie d'hommes bien vivants pour rapatrier des morts et des carcasses d'automobiles.

La raison de la nécessité de telles expéditions était simple : c'était le statut conféré à la vallée du Miroir. Classée parc naturel national depuis peu, elle imposait ce nettoyage aux localités environnantes, sous peine de voir leurs subventions remises en question au premier survol en hélicoptère d'élus zélés. Aussi le nombre d'accidents – qui pouvait atteindre la vingtaine certains hivers – menaçait de transformer la vallée en un décor postapocalyptique, un parcours terrifiant pour les nombreux randonneurs qui remontaient jusqu'aux Confins du printemps à l'automne. Les prospectus touristiques parlaient de promenades paradisiaques et non de cimetière à ciel ouvert. Il fallait bien ramasser tout ça, quoi qu'il en coûte.

Du fond de la vallée montaient alors des grues gigantesques. Les manœuvres se poursuivaient souvent tard dans la nuit et nécessitaient l'acheminement de projecteurs surpuissants. La montagne se métamorphosait en plateau de film catastrophe. Les yeux des ouvriers brillaient d'une terreur d'enfant devant la monstruosité des massifs. Les faisceaux de lumière tranchaient net dans la nuit noire pour supposer, par-delà le visible, le développement d'infinis reliefs menaçant de s'écrouler pour engloutir le monde. Le vent faisait plier le métal des grues et produisait des rugissements de bêtes sauvages. Les épaves étaient extirpées de leur sanctuaire au prix d'une logistique indécente. Certains chauffards avaient enfin le chic de mourir sans famille, sans personne pour assumer les frais de leurs enterrements. Ceux-là, c'était les pires.

Dans les années soixante-dix on se réunit entre conseils municipaux. On observa la courbe des accidents. On fit les comptes. Et il apparut bien sage de fermer périodiquement l'accès de la route des Confins. Malgré quelques faibles résistances de la part des maires des quelques communes bannies, les chiffres firent office de juge de paix. La région arbitra et ce fut fait. La D132 serait désormais fermée du 1er novembre au 1er avril.

Il faut maintenant rappeler que le village des Confins n'a pas toujours été ce coin reclus décrit plus haut. Car auparavant, dans les années soixante, on avait rêvé d'y ériger une station de sports d'hiver, sous l'impulsion d'un entrepreneur astucieux qui avait deviné en ces lieux un attrait touristique indiscutable. À l'aube du tourisme de masse, Pierre Roussin, architecte et ingénieur de formation, avait plusieurs décennies d'avance sur les comportements du marché et rêvait déjà de structures à taille humaine et tournées vers la nature.

Pierre a une petite quarantaine d'années à l'époque où le gouvernement français lance le « plan neige », un grand programme d'aménagement du territoire alpin pour en tirer le maximum de profit. Un profit roi au mépris de bien des gens, des terres ou des bêtes. Et partout le béton coule sur les deux Savoie. On remodèle les massifs à la dynamite pour y loger de grands ensembles. Les investissements sont colossaux, l'empressement avide, les premiers résultats aussi terrifiants que prometteurs. Pierre Roussin pense à contre-courant. Et en cela il voit plus petit mais plus loin. Il voit plus beau aussi.

Notre homme était architecte de formation, et disons-le, doué d'une âme d'artiste plus ou moins inexprimée. En vérité, il ne s'était jamais imaginé devenir promoteur touristique. D'ailleurs, les raisons qui le poussèrent en ce sens, et plus précisément sur le site des Confins, furent tout à fait fortuites… Il sera temps d'en reparler plus tard.

Au fil de sa carrière, Pierre Roussin ne s'était pas particulièrement distingué par son audace, qu'elle soit artistique ou financière. Il avait surtout réalisé d'inoffensives commandes publiques, des petites écoles, des ensembles administratifs, quelques unités de logements sans caractère. Mais avec ce projet aux Confins, sa vie comme sa carrière prenaient un tour inattendu. Il imaginait pouvoir attirer une clientèle friande de prestations haut de gamme, à la recherche de la douceur d'un environnement préservé, sans oublier tout le confort moderne. Le grand boom du tourisme de masse l'avait inspiré et l'avait convaincu qu'il se trouvait au bon endroit et au bon moment. Aussi son intuition avait établi avec plusieurs années d'avance l'un des mantras de la demande touristique moderne : les grands espaces sauvages, mais sans risque. Après une brève étude de ce secteur florissant et des standards qu'il entreprenait d'imposer, Pierre ambitionnait de créer une alternative, si ce n'est un concurrent sérieux, à la Suisse et ses stations dotées d'hôtels de luxe et de sanatoriums. Autant de lieux remarquables où les infrastructures s'intégraient brillamment au sein d'une nature protégée.

Pierre ne croyait pas aux grands projets qui voyaient le jour en France, de La Plagne aux Arcs, en passant par le stupéfiant site de SuperDévoluy.

Autant d'inepties qui reprenaient à leur compte la rationalisation des espaces et le fonctionnalisme en vogue. Pierre Roussin en était convaincu : l'élévation des structures, l'optimisation extrême des espaces de vie commune, la réalisation de dalles commerçantes en paliers successifs, les rampes interminables pour les relier entre elles, tout cela représentait un futur condamné d'avance. Les prophètes de ces cités nouvelles, autour du Corbusier, n'étaient aux yeux de l'architecte que des salauds. L'intelligentsia et le pouvoir central en faisaient de grands hommes capables de tracer le futur sur leurs tables à dessin. (Qu'on porte aux nues des salauds, Pierre en avait l'habitude. Les haut gradés lâches et incompétents qui en 1940 avaient conduit à sa capture, et à sa longue captivité, s'en étaient tous sortis avec autant de médailles que le protocole l'autorisait.)

En consultant les plans prospectifs des projets engagés un peu partout dans les Alpes, Pierre était horrifié par ces barres d'immeubles haut perchées semblables aux grands ensembles que l'URSS continuait de semer sur la moitié du continent européen. L'architecte était-il le seul à savoir lire ces plans entre les lignes ? Il en devinait déjà les ruines abandonnées, persuadé que personne ou presque ne souscrirait à cette transformation des montagnes en supermarchés à ciel ouvert…

Mais les temps *modernes* étaient tout sauf raisonnables, et les démarrages donnèrent tort à Pierre.

Des milliers de studios construits face au vent et aux avalanches trouvaient preneurs avant même d'exister. De Clermont-Ferrand à Lyon. De Boulogne-Billancourt à Aix-les-Bains. De Viroflay à Vénissieux, les bureaux de vente sur plan rencontraient un succès fou. Bientôt, des kilomètres de moquette bariolée seraient foulés par des chaussures douloureuses et se rempliraient de l'humidité des pantalons fluo et des vestes rouges matelassées. Tout ça était inéluctable. L'utopie des sports d'hiver pour tous s'imposait.

Rien n'arrêterait les classes moyennes dans la course au standing. Pierre aurait dû comprendre que tout Français se voyait, par l'acquisition de ces appartements, accéder à de plus hautes sphères, peu importaient la laideur ou l'absurdité de l'offre. Par exemple, non loin des Confins en remontant la vallée du Miroir, le vieux village des Mignes situé à 1 860 mètres d'altitude était déjà sous les eaux. La silhouette de la station nouvelle couvrait de son ombre le lac artificiel. La commune s'appelait désormais Les Grands Mignes. En achetant ces appartements on réalisait un investissement prometteur, on offrait à ses enfants et à ses petits-enfants le luxe des sports d'hiver. Et on pouvait louer à plus pauvre que soi. Ainsi on devenait membre d'un club chic et futuriste. D'Argenteuil jusqu'à Avoriaz, l'avenir se dessinait à coups d'esplanades pleines de courants d'air et de parkings. Tout serait bientôt conçu pour la claudication sécurisée de familles trébuchantes en chaussures de ski, les bras chargés de provisions.

Certains soirs, en cherchant le sommeil, Pierre Roussin méditait sur ces villes aussi artificielles que démesurées qu'on érigeait sur les massifs. Il imaginait alors les archéologues des millénaires à venir, ou quelque puissance extraterrestre, venant à découvrir ces logements de masse qui tutoyaient des sommets de laideur et d'insanité. L'architecte s'amusait à anticiper le mystère que constitueraient ces dortoirs exposés aux pires températures, dressés face aux tempêtes et aux glaciers. Ces observateurs du futur ne pourraient conclure qu'à l'hypothèse de bagnes alpins. Les vestiges des remontées mécaniques évoqueraient un camp de travail, où chaque tracé de pylônes aurait été vraisemblablement un moyen d'acheminer des hommes, des outils, ou quelque minerai barbare extrait des crêtes abruptes. Non, vraiment, tout était allé trop vite depuis la guerre… Alors Pierre Roussin espérait qu'un jour ou l'autre, tous les responsables auraient à répondre de leurs actes. Il fallait bien des conséquences à tant d'inconséquence.

Architectes, urbanistes, ingénieurs, promoteurs immobiliers, élus du département ou des régions… Ils seraient tous poursuivis pour association de malfaiteurs, escroquerie en bande organisée. Et à bien y penser c'était plus grave encore. Oui, ils seraient tous jugés pour crimes contre l'humanité. C'était bien de cela qu'il s'agissait. Frappées par une prise de conscience brutale, les générations à venir se mettraient en quête des monstres responsables d'avoir noyé la France, ses côtes et ses montagnes, sous des hectolitres de ciment. Un jour on traquerait au bout du monde le moindre carreleur, les plombiers et les couvreurs, les poseurs de moquette et les chauffagistes pour les faire comparaître comme autant de complices. Cette sensation d'un immense gâchis tourmentait sérieusement l'architecte. Et quand il parvenait enfin à s'endormir, il rêvait de mieux pour la suite.

En 1964 donc, Pierre Roussin s'installa aux Confins avec d'ambitieux projets. Il allait devenir le fondateur de la SHVC – la Société de la Haute Vallée des Confins –, destinée à réaliser les aménagements nécessaires à l'érection d'une station de tourisme élégante, dans le respect de son environnement premier. La SHVC aurait également pour objet la promotion et la gestion hôtelière d'établissements dont elle serait copropriétaire, alliée à des entreprises de construction prêtes à investir contre une part significative des revenus à venir. Les défis étaient nombreux, le projet *a priori* surréaliste. Mais sa vision et son énergie en viendraient à bout, croyait-il. Ce serait l'œuvre de sa vie.

Il ne pouvait s'imaginer tout perdre en ces lieux.

Première partie

Hiver 1984

Aux Confins, on se préparait à l'arrivée de l'hiver 1984 selon le rituel établi depuis qu'on avait décidé de fermer la route du col. La grande majorité de la population – ou ce qu'il en restait – se livrait aux préparatifs pour quitter le village. On fermait les maisons, on coupait les compteurs et on purgeait les réseaux d'eau pour éviter de voir les canalisations exploser sous l'effet du gel. On se félicitait de ne pas être assez fou pour rester. Certains habitants des Confins avaient bien essayé, une année, ou deux consécutives, de rester à demeure et de passer l'hiver près des sommets. Or il était évident que l'appel de la civilisation était plus fort.

Inspirées par une mode alors grandissante, il y eut bien sûr quelques expériences de communautés New Age. Et l'hiver venu, l'isolement menait les apprentis ermites, pour certains à la dépression, pour d'autres à l'angoisse du vide, et pour la majorité d'entre eux à l'alcoolisme – quand ce ne furent pas des conflits internes qui menacèrent l'équilibre des groupes… L'idéal hippie faisait long feu aux Confins. Une des premières troupes à tenter le coup était unie par un modèle fondé sur l'autarcie. Ils s'installèrent au printemps et se mirent au travail. À la mi-décembre à peine, ils se retrouvèrent sans ressource, faute de savoir-faire et de préparations. Les malheureux durent dépenser le peu d'argent qu'il leur restait chez l'épicier du village. Le commerçant, un certain M. Creneguy, une fois la route fermée, pratiquait comme il se doit des tarifs excessifs. Cette nouvelle clientèle les fit littéralement exploser. Les dernières semaines avant le printemps, chez Creneguy les conserves se négocièrent à prix d'or. La communauté atteignit par miracle le mois d'avril, la peau sur les os, et criblée de dettes qu'ils mirent ensuite un temps fou à rembourser. (Vers la fin, l'épicier prévoyait même des documents de reconnaissances préremplis. Quelques pointillés accueillaient d'insolentes sommes et en bas de page, la signature des redevables.)

Plus récemment une bande d'originaux vaguement anarchistes avait loué une des plus grandes maisons du village. Le programme était simple : amour et renoncement à la propriété privée. Ils découvrirent assez vite qu'entre le partage imposé des biens et celui des personnes, il n'y avait qu'un pas que seuls les plus téméraires s'autorisaient à franchir. Au terme d'un premier hiver nourri de tensions – on entendit de nombreuses querelles, voire des bagarres, éclater dans le grand chalet –, chacun repartit avec la femme de l'autre, brouillés à vie entre eux et avec tous leurs idéaux. Aux Confins personne ne montait plus pour rigoler.

Quant aux villageois, quand enfin le soleil réapparaissait, ils s'étaient dit, dans les fermes comme les chalets de maître, bien des choses qu'ils regrettaient. Les cris et les coups avaient meublé l'ennui. Le printemps éclairait des blessures parfois intérieures, parfois bien réelles. Une fois libérés, on se prenait dans les bras pour se consoler d'avoir traversé une telle épreuve. On prenait sa voiture – si elle démarrait – et on fonçait dans la vallée dévorer les quotidiens et parler au premier venu. Au printemps, il n'était pas rare de voir descendre des Confins ces hommes et femmes au regard avide d'humanité, engageant la conversation avec quiconque croisait leur chemin.

En 1984 donc, il restait là-haut une grosse vingtaine d'irréductibles. Et il fallait bien qu'ils tiennent tout l'hiver. Aussi, le dernier jour avant la fermeture de la route du col, une petite fièvre logistique agitait le parking et les entrepôts de la sortie de Bourg-le-Beauregard. On voyait redescendre les camions de fuel, qui croisaient ceux remplis de conserves. Le transporteur des produits pharmaceutiques attendait les colis d'antibiotiques et les bandes Velpeau avant de prendre son départ. Les stères s'empilaient dangereusement sous le regard soucieux du négociant en bois, inquiet d'avoir à affréter deux véhicules au lieu d'un pour acheminer tout ce bois de chauffage. Les clients des Confins ne représentaient pas de volumes intéressants, mais on ne pouvait tout de même pas les laisser crever.

Dans ce tableau viril et bruyant fait de routiers impatients, de manœuvres des caristes et de contremaîtres hurlant leurs ordres, deux individus chétifs faisaient tache. Bien sûr, personne ne les remarquait. Ils n'étaient pas accoutrés pour l'occasion et, pour qui les aurait observés, le duo portait sa nature citadine comme un écriteau accroché au cou. Ils avaient l'air d'un couple. Ça, on pouvait le deviner à la manière dont elle le regardait. Et à la manière dont elle le suivait, on pouvait supposer qu'elle n'avait jamais mis les pieds ici. Quant à lui, il trouvait presque aisément son chemin dans cette zone hostile aux piétons. Le jeune homme se prénommait Bruno, et nous pourrions le présenter comme le héros de cette histoire. Simplement, ce serait assez malhonnête. Car des qualités qu'on prête habituellement à un *héros*, Bruno n'en possédait pour ainsi dire aucune. Des événements à venir lors de cet hiver 1984, il allait être plus prosaïquement le *responsable*. Ou après tout, la victime… Mais il est sûrement trop tôt pour en juger, et chacun pourra se faire une idée au terme de ce récit. Car pour la première fois, chacun saura ce qui s'est vraiment déroulé là-haut. Aux Confins.

C'est d'ailleurs les horaires du car assurant la liaison vers ces lieux reculés que Bruno consultait maintenant. Sa compagne, Corinne, une fine brune, menue, du même âge que lui, était déjà ratatinée par le voyage. Son regard écarquillé se heurtait au manque de charme, à la brutalité de tout ce qui l'entourait. On la sentait pleine de doute, voire d'un effroi dissimulé avec peine. Le doigt de Bruno glissa le long des lignes bicolores des horaires d'autocar, pour s'arrêter sur le dernier départ pour Les Confins, qui aurait lieu d'ici une heure. L'autocar, une épave, gisait là. Et son chauffeur ne devait pas être loin. Avec un peu de chance, peut-être serait-il en avance. Il fallait mieux l'attendre ici. Le couple posa ses valises et Bruno prit Corinne dans ses bras pour la protéger du vent cinglant. En vérité, c'est Corinne qui s'était réfugiée contre le corps de Bruno. Depuis le temps qu'elle le connaissait, elle avait appris que le jeune homme n'était pas du genre à opérer de tels rapprochements en public. Entre eux naquit un silence, ce genre de silence que Corinne s'était résolue à ne plus essayer de briser. Comme Bruno était écrivain, elle s'imaginait que ces plages blanches étaient celles où son esprit travaillait à former les images dont il avait le secret…

Invariablement, ce jour si particulier affectait Lucien. Quelques instants plus tôt, au volant de l'autocar municipal assurant la liaison Bourg - Les

Confins, il avait fait son entrée sur le parking de la gare routière et s'était rangé sur son emplacement. C'était le dernier aller-retour de la saison. De son car étaient descendus les derniers rescapés du hameau avant la fermeture de la route. Il ne fallait pas le manquer, ce car. Ces jeunes gens filaient vers d'autres autocars ou s'engouffraient dans des voitures surchargées qui démarraient aussitôt. Dans cette précipitation, on ressentait le soulagement d'échapper à une catastrophe. Sans se retourner ils disparaissaient pour tout l'hiver. Ils quittaient la haute vallée pour d'autres sites plus prospères, pour faire la saison dans les grosses stations alentour. Tenir la caisse. Faire des crêpes. Louer des skis. Puis faire la tournée des bars en espérant coucher avec leurs collègues. Ce genre de choses.

Lucien avait quitté son poste de conduite et s'était faufilé dans les dédales d'autocars et de semi-remorques. Il était à présent installé au bar-restaurant Le Relais, qui offrait une vue panoramique sur l'aire de chargement et de déchargement des marchandises. Accoudé à l'une des tables hautes face à la vitrine, il observait le ballet des transporteurs. Une série de mouvements qu'il connaissait par cœur et qu'il orchestrait en silence. En maître d'œuvre invisible il suivait les opérations comme si tout se déroulait de son fait. Il n'en était rien. Lucien était un être simple qui se racontait pas mal d'histoires.

Hiver 1984

Dieu qu'elle était petite, cette bière. Plus Lucien vieillissait, plus les verres lui semblaient minuscules. Il culpabilisa mollement à l'idée d'en prendre un deuxième. Il avait de la route, mais il la connaissait par cœur. Chaque virage jusqu'aux Confins. Il aurait pu tous les enquiller les yeux fermés. En tout cas, il l'avait déjà fait de nombreuses fois en voyant double. Pour y remédier il avait sa technique. Il suffisait de fermer un œil et tout rentrait dans l'ordre. Lucien se trouvait plutôt génial d'avoir inventé ce genre d'astuce. Tous ces voyages scolaires réalisés absolument ivre, ces innombrables allers-retours assurés depuis quinze ans, ses pneus frôlant les ravins et les enfants qui chantaient derrière lui ces chansons de colonies. À ses yeux, rien de grave. Le plus important restait que personne ne s'en rende compte. Il pensait être passé maître dans l'art de la dissimulation. Il avait ses trucs à lui. Marcher droit. Fixer un repère et se taire autant que possible... Et déjà il relevait le doigt en direction de la serveuse. Ce deuxième demi lui rafraîchit la moustache. Et ce coup-ci c'était une pinte. Un malentendu auquel il ne pouvait rien.

Et si je ne remontais pas cette fois-ci ? Juste pour essayer ? Lucien caressait cette idée tous les 1er novembre depuis la fermeture de la route des Confins. Or cette idée le terrorisait plus que tout. Le courage lui manquait. Au-delà de cette gare routière il ne connaissait plus personne. Où aurait-il trouvé du travail par-delà Bourg ? Seul le maire des Confins avait l'indulgence de lui en donner. Ce maire qui ne pouvait pas ne pas savoir quel genre d'oiseau Lucien était, mais qui faisait comme si. Que serait-il devenu, ce pauvre Lucien, privé de ses hautes missions ? Là-haut il était une institution. Il connaissait tout le monde et tout le monde le connaissait.

Comme aujourd'hui, de hautes missions, il s'en assignait volontiers. Il se considérait comme le régisseur de l'ultime ravitaillement. Et si le bois venait à manquer ? Et si les produits d'épicerie n'arrivaient pas à bon port ? Quand il avait un coup dans le nez, Lucien devenait le gardien des Confins. Il avait les clefs du village. Et lors de lourdes siestes il rêvait de médailles pour services rendus. Il rêvait de trompettes, de drapeaux et de discours. Une statue. Un bal en son honneur… Pourquoi pas ! L'homme à tout faire se faisait tant d'idées.

Ainsi, chaque année, il remontait au plus vite au village pour assister à l'arrivée de tous les transporteurs, au déchargement des marchandises. Lucien faisait un inventaire complet dont personne ne lui demandait de rendre compte. Il devenait un bon père. Un berger. Le saint patron des Confins.

Après cette troisième pinte, promis, il allait reprendre la route et faire comme à son habitude. Après tout il faisait ce dernier voyage à vide. Il ne mettait en danger personne. Qui à part lui serait assez fou pour prendre ce dernier aller sans retour vers Les Confins ? Allez, quoi, il avait bien droit à une quatrième bière, ou était-ce la cinquième ? Juste une petite. Pour la route. Lucien l'avala d'un trait et se jeta sur le parking. C'était l'heure.

Plantée au pied du car assurant la liaison de Bourg - Les Confins, Corinne tirait une drôle de tête. Et Bruno, qui revenait des petits coins, reconnut son expression. Il savait qu'elle n'était pas simplement le fait de l'impatience de Corinne. En s'approchant d'elle il ne put s'empêcher de sourire, ce qui était rare, croyez-moi. Le tableau était en effet assez réussi. Sur ce grand parking, sous cette lumière blafarde, seule au pied de cet autocar vide, entourée de toutes ces valises qu'elle ne pourrait jamais porter seule, Corinne ressemblait bien à une femme abandonnée par tous et perdue au bout du monde.

En réalité Corinne s'en voulait personnellement, et ce depuis qu'*il* avait pris la décision de passer l'hiver aux Confins. On n'avait pas idée de trouver un nom aussi glauque pour un bled isolé, se disait-elle. Mais elle n'avait pu s'empêcher de le suivre. Elle en avait perdu, des hommes, et avant de rencontrer Bruno, elle en était venue à convenir qu'elle n'était bonne qu'à ça. Si Bruno était parti seul pour l'hiver, le peu qu'elle avait réussi à construire se serait effondré. Leur semblant de couple aurait été littéralement recouvert par les neiges, et les beaux jours revenus, ils n'en auraient pas retrouvé la trace. Et maintenant qu'elle était ici elle avait peur, tout simplement.

Bruno devait bien admettre que cette étape du voyage n'avait rien de très excitant. La sortie de Bourg, c'était moche et ça puait le gasoil. Mais une fois là-haut elle comprendrait. Les photos c'était une chose mais cela n'avait rien à voir avec la réalité. Les Confins c'était le plus bel endroit du monde, lui avait-il expliqué. Les plages de sable fin l'emmerdaient, les déserts encore plus, il trouvait les grandes villes bruyantes. La montagne hostile et immaculée le plongeait dans un état second. Depuis trop longtemps la nécessité l'avait éloigné de ses terres. Car aux Confins, là où se trouvait son vieux chalet de famille, il n'y avait plus rien à se mettre sous la dent. Et il lui avait bien fallu gagner sa vie en ville. Mais ça, c'était terminé…

Au départ Bruno était peintre, mais pas de ceux qui fuient leurs toiles. C'était un bosseur, un individu déterminé. Cependant il n'était jamais parvenu à vivre de ce travail. Et ce n'était pas faute de produire. L'exposition qui avait failli le faire remarquer présentait une série de toiles s'inspirant justement des montagnes dans lesquelles il avait grandi. Sur de vastes formats carrés, il avait brossé des paysages de haute montagne en hiver. Son talent avait su capter les variations infinies des cieux sur la surface du manteau neigeux. En réalité la neige n'était jamais blanche, il n'y avait que les abrutis pour le croire, aimait-il à rappeler. La neige se nourrit de tout ce qui l'entoure, et dans les toiles de Bruno les orages menaçaient sans jamais exploser. Naturellement il adorait Friedrich. Cependant, au contraire de l'Allemand qui parfois situait un personnage, le plus souvent de dos, aux prises avec une contemplation sans fin, les toiles de Bruno étaient sans vie aucune. Seule la montagne régnait, masquant les traces d'une civilisation disparue.

Sur ces images – il en avait réalisé trente-quatre exactement –, les hauts sommets envahissaient tout l'espace de la toile. Les vallées habitées n'existaient plus. Et dans ces contrées lunaires où plus aucun sapin ne pousse, le spectateur devinait les ruines désolées d'immenses complexes touristiques. L'achat des toiles et de la peinture (sans compter le temps passé, seul) lui avait coûté bien davantage qu'elles ne lui avaient rapporté. Et aujourd'hui les toiles croupissaient quelque part dans la réserve d'un galeriste installé *sur* Aix-les-Bains... C'est-à-dire à côté. Loin du centre. Un temps Bruno avait tourné le dos à tout ça. Il avait survécu en tant que barman et s'était mis à écrire car ça coûtait moins cher et prenait moins de place.

C'est presque par hasard qu'il trouva aussitôt un éditeur pour cet étrange recueil de nouvelles dont Bruno lui-même ne pensait pas grand-chose. Et une fois l'à-valoir signé, il fallut le réécrire, le découper, le torturer, ce texte auquel le peintre se sentait déjà parfaitement étranger. Et une fois publié – mystères insondables du succès populaire –, le livre s'était vendu au-delà de tout ce qu'aurait pu espérer l'éditeur. C'était tout bonnement improbable. Alors Bruno dut parler de ce livre. Il se rendit dans les studios de radio et rencontra des critiques dans des cafés. Il fut envoyé dans une émission de télé dont il sortit à peu près indemne. Bruno n'avait pas lu grand-chose et les questions sur ses influences le mettaient dans l'embarras. Sa tournée des médias s'acheva aussi vite qu'elle avait commencé, une fois sa réputation faite dans ces milieux, celle d'un autiste indécrottable.

Bruno apprit ensuite qu'il avait remporté le Goncourt de la nouvelle. Il avait maintenant constamment mal au ventre. Les ventes reprirent de plus belle et la Gaumont lui acheta les droits d'adaptation non pas d'un, mais de trois segments du recueil. Il avait finalement gagné pas mal d'argent… Mais c'était sans compter sur la marche incompréhensible du succès. De la même manière que les banques ne prêtent qu'aux riches, on se battait dans tout Paris pour obtenir l'exclusivité de son prochain livre. Les nouvelles, c'était bien. Mais le public voulait un roman. Il ne put refuser la somme que lui proposa son éditeur.

Écrire un roman ? L'idée terrorisait Bruno. Écrire c'est un peu comme jouer à Dieu, jugeait-il. Mais il ne se sentait pas capable de réitérer l'exploit. Il expliquait à qui voulait l'entendre qu'il n'avait eu qu'un coup de bol. Mais, comme dans un état second, il avait signé le contrat, empoché l'argent, et aussitôt confié à son éditeur qu'il n'avait pas la moindre idée de comment on pouvait écrire un foutu roman. C'est sur ses conseils que se dessina le projet de partir aux Confins. Bruno n'avait-il pas un endroit où s'isoler ? lui demanda l'éditeur. Une maison de campagne, un moulin, un bateau ? Bruno n'avait rien de tout ça. Mais il avait un vieux chalet de famille.

Peu avant de partir il avait trouvé son sujet, pensait-il. Et s'il lui échappait, Les Confins lui en livreraient le secret. Là-dessus il n'avait pas de doute. Il ne savait pas très bien ce qu'il faisait. Son projet était si énorme qu'il se donnait l'impression d'être comme quelque grimpeur du dimanche, remontant la face nord de l'Eiger avec une pâquerette dans la bouche. Le genre de type inconscient qui termine mort dans les bulletins d'informations.

Tout ceci l'avait mené sur le parking de Bourg-Le-Beauregard, le 1er novembre 1984, en compagnie de Corinne qui d'ailleurs fut la première à remarquer Lucien. Qui était ce type raide bourré qui s'approchait de l'autocar en titubant ? De son côté Lucien se demandait bien qui pouvaient être ces deux tarés qui attendaient qu'on leur ouvre les portes de l'autocar pour y monter. Ce n'était pas du tout ce qui était prévu. Personne n'était censé monter avec lui ce soir. Lucien avait frémi en voyant le couple mais maintenant il fallait faire quelque chose pour ne pas passer pour plus ivre qu'il n'était. Mettre sa main dans sa poche et y secouer les clefs, reprendre sa marche. Avancer droit vers eux en suivant une belle ligne imaginaire.

Le chauffeur salua vaguement le couple et s'excusa du retard. Il pensait avoir oublié les clefs quelque part, au restaurant, mais tout allait bien. Pour en avoir, ils en avaient, des bagages ! Depuis maintenant deux ou trois années, c'était les premiers hurluberlus qu'ils voyaient monter pour l'hiver. Le visage de la petite dame ne lui disait rien. Mais ce jeune type, il le reconnaissait. Lucien l'avait connu tout petit. Il avait aussi bien connu son père et la ressemblance était troublante. Lucien frémit à nouveau et le tournis manqua de l'étaler sur le macadam.

Les portes des coffres s'ouvrirent dans un bruit de machine à vapeur. Le jeune type chargea les nombreux bagages sans que personne ne l'aide. Dans le rétroviseur, Lucien vit l'air inquiet de la petite dame. Ils montèrent. Lucien frottait son volant et se raidit à leur passage. Une fois les portes fermées, il annonça très officiellement : Les Confins ! Direct ! L'autocar s'ébranla. Dans l'habitacle les radiateurs dégagèrent une odeur de plastique brûlé.

Le chauffeur devait théoriquement marquer un arrêt dans les trois ou quatre hameaux de la haute vallée, tout en sachant que personne ne s'y trouverait. Il ne pouvait s'empêcher d'écouter le couple de passagers. Lui louait la beauté de ce pays. Lucien regarda au-dehors, c'était de la purée. Une chape de nuages d'un gris sale coulait à l'envers sur le monde. Un ciel dégoûtant, semblable au fond d'une tasse de thé froid troublé de lait. Les montagnes s'en retrouvaient écrasées d'ennui. Maladroitement le jeune type continuait de commenter le paysage. Lucien écoutait avec attention cette description minutieuse du trou du cul du monde. Quand enfin le jeune homme évoqua plus précisément la demeure où ils se rendaient : ce chalet de famille qu'il n'avait pas vu depuis des lustres. Lucien ne s'était pas trompé. Ce type là derrière, c'était bien le petit du chalet de la Balme. Celui qu'enfant on appelait le petit Roussin.

Dans un virage la roue avant droite accrocha une légère déclivité du macadam. Lucien mit un brusque coup de volant pour réajuster la trajectoire du véhicule. Voyant un camion descendre en face de lui, il dut se rétablir sur sa voie d'un autre coup de volant précipité. Un instant il sentit clairement le vide et sa nuque se glaça. Il clignait des yeux pour se ressaisir. Son geste malheureux avait jeté un sacré froid. Passé quelques secondes d'un lourd silence, le couple s'engueula ferme, à voix basse.

Au fur et à mesure de la montée, les glissières de sécurité métalliques devenaient des barrières en bois, puis des murets consolidés en béton armé, puis de vulgaires murets de pierre. Et plus haut encore, il ne restait que de petits plots carrés de trente centimètres de haut, posés tous les trois mètres, pour signaler les virages comme ils le pouvaient, et ainsi éviter le saut dans le grand blanc. Ces équipements étaient dérisoires.

Lucien ferma un œil. Tout fut plus net. Les formes se rassemblèrent, comme réunies par le focus manuel d'un appareil reflex. Malgré sa technique qu'il jugeait infaillible, il se retrouvait dans chaque virage comme face à un mur. Certains lacets lui arrivaient dans le visage sans crier gare, quand d'autres se faisaient attendre et semblaient ne jamais vouloir se déclarer. Il fallait réduire la vitesse, arrêter de singer la sobriété, car l'essentiel c'était bien d'arriver là-haut vivant.

Printemps 1964

Pierre Roussin, lui, ne buvait pas, ou si peu. Il avait beaucoup mieux à faire. En plus d'être architecte, il était aussi ingénieur. Polyglotte, il parlait le français, l'anglais, l'allemand, le russe et un italien tout à fait correct, autant de langues qu'il avait apprises en captivité. Aussi Pierre écrivait. Des chansons ou des textes courts uniquement. Tout ce que toutes ses activités professionnelles lui laissaient le temps de rédiger, sans compter sa famille bien sûr.

La découverte du site des Confins s'était faite en compagnie de sa femme, Aline, et de son fils. Ce dernier en était la raison. Lorsque la famille était encore installée dans le centre-ville de Lyon, le jeune garçon alors âgé de quatre ans avait le souffle court. Une toute petite nature. Lors de l'été précédent il avait subi une grave déshydratation qui avait porté un coup de frein à son développement. Le mal avait frappé sans prévenir lors d'une excursion sur le plateau des Glières, non loin d'Annecy. Pierre et Aline y avaient été entraînés par un collègue de l'architecte, un ancien résistant pour qui la randonnée fit office de pèlerinage, et offrait l'occasion d'étaler une légitime fierté de ses faits d'armes. Le couple, assumant son tempérament aventurier, et n'ayant pu s'organiser autrement, avait fait le choix d'emmener le petit Bruno, malgré les complications que cela entraînait. À leur décharge, l'heure n'était pas encore à l'hygiénisme, à la surprotection maladive des enfants, tourments parentaux qui apparaîtraient bien plus tard… Cet été fut particulièrement torride. Et sur le plateau, on était littéralement écrasé par le soleil. Distraits par la beauté des paysages, et pressés par le rythme effréné qu'imposait leur ami, Aline et Pierre avaient laissé le petit Bruno, trimballé sur leurs dos, subir une insolation monstre. Au troisième soir, à peine installés au refuge, Aline avait bien compris qu'il s'était passé quelque chose de dramatique. L'enfant ne tenait presque plus sa tête, vomissait tout ce qu'on lui faisait avaler. Son regard semblait perdu comme celui d'un petit animal qui ne reconnaît plus rien ni personne autour de lui. La nuit déjà tombante, ils durent rester sur place, non sans en concevoir une culpabilité dévorante. Comme en écho aux maquisards disparus ici jadis, cette nuit-là, le plateau des Glières fut envahi des râles de l'enfant comme des sanglots d'Aline. Quelle mère faisait-elle ! Ils redescendirent dans la vallée au petit matin, totalement paniqués, et le premier médecin trouvé sur leur chemin leur confirma que le petit garçon était détruit, ou presque.

Bruno avait dû tout réapprendre. Marcher, parler, raisonner. À quatre ans il était reparti de zéro. C'était une des raisons pour lesquelles sa mère dut abandonner tout espoir de reprendre ses études là où elle les avait laissées en tombant enceinte. L'incident avait laissé des traces, comme cet asthme chronique. Lorsque des crises le prenaient, de ses faibles poumons s'élevaient de sinistres plaintes semblables aux courants d'air qui transpercent le sas des voitures Corail. Les médecins étaient tous formels. Ce qu'il fallait à cet enfant, c'était le grand air. Paradoxalement, celui de la montagne. Encore elle. Et pour longtemps si on voulait espérer que la situation s'améliore.

C'est ainsi qu'au printemps 1964, ayant repéré les lieux quelques mois plus tôt, la famille dans sa Simca Aronde jaune passa la ville de Bourg-Le-Beauregard, remonta la vallée du Miroir, bifurqua à gauche vers le col de l'Étale en laissant la grande route pour une nouvelle, plus petite et sinueuse, qui ne manqua pas de terrifier Aline. Durant cette ascension, Pierre pressentait qu'il avait trouvé un coin formidable. Pour soigner le petit, certes, mais aussi pour bien davantage. Aline lui parlait de sa fascination vis-à-vis de ces peuples des vallées. Elle s'exclamait devant les fermes et hameaux improbables qui jalonnaient la route du col. Elle soufflait en voyant gens et bêtes au travail sur ces pentes vertigineuses. Les travaux des champs n'étaient-ils pas assez pénibles comme ça ? Ce relief les rendait à ses yeux totalement inhumains, ce qui n'était pas faux.

Pierre ne l'écoutait pas. Il pensait aux projets déjà en construction plus loin dans la vallée du Miroir, et ailleurs. Ces projets auxquels il ne croyait pas. Certes, les sites en question étaient plus faciles d'accès pour le plus grand nombre grâce à une route déjà élargie… La configuration des lieux qu'on avait choisi d'investir promettait un *nombre de lits* ahurissant, seule unité de mesure viable pour les professionnels du tourisme, chose que Pierre n'était pas. Ce que l'architecte imaginait déjà derrière ce petit col devant lui, c'était moins grand mais résolument grandiose.

C'était la preuve qu'il savait *sourire au sujet* comme il aimait le répéter – une devise personnelle qui lui donnait le courage d'affronter toutes les épreuves. Car la fragilité de son fils Bruno, il l'avait d'abord accueillie comme une intolérable tuile. Il devait donc quitter Lyon sous peine de voir son fils mourir ou devenir débile et assisté à vie ? Quelle misère. Lui qui avait fait des pieds et des mains pour devenir un notable de la ville. Lui qui avait obtenu ses entrées au Rotary Club et qui parlait marchés publics avec tous ceux qui contrôlaient le portefeuille. Il avait à peine quarante ans, de solides projets derrière lui, et d'encore plus rémunérateurs devant. Et voilà que son rejeton chétif foutait tout en l'air. Il en avait pleuré, seul dans sa voiture. Il s'était brisé l'annulaire en frappant dans les murs des bureaux qu'il était obligé d'abandonner… Puis, tout rationnel qu'il était, il s'était intéressé aux territoires alpins, aux mouvements de sa profession en ces lieux où les choses bougeaient à mille à l'heure. Car il allait bien falloir travailler là-haut ! Et cette migration forcée n'était peut-être pas si malheureuse : dans le gotha des architectes et de la construction, depuis quelques mois, les discussions tournaient régulièrement autour de ce fameux plan neige. Entre rumeurs et réalités, on prétendait que les opportunités de faire fortune étaient nombreuses, un or blanc pour qui saurait le saisir. Le concept de sports d'hiver populaires faisait rêver tous les professionnels du bâtiment. Et si Pierre n'avait pas les réseaux nécessaires, il allait, par la force des choses, se trouver sur le terrain, au cœur des bouleversements, ce qui pouvait constituer une force en soi. L'architecte s'était alors penché de plus près sur les grands projets en cours… Avec les réserves qu'on connaît.

Il avait d'abord imaginé trouver un poste de conseiller dans les bureaux de développement de ces grands ensembles, des structures qu'il exécrait viscéralement. Mais nous allons tous où est le travail. Et c'est avec cette idée maussade qu'il avait entamé ses prospections, jusqu'à ce que le site des Confins lui ouvre les yeux.

Après tout, il avait vendu les parts de son cabinet. Il les avait même bien vendues. Et cela faisait bien longtemps qu'il n'avait pas travaillé pour quelqu'un. Son esprit s'enfonçait dans la déprime comme dans une vase profonde rien qu'à l'idée de pointer, de corriger des plans et de suivre l'avancement des travaux de cellules alpines et de leurs escaliers de secours. Lors de ses premières visites aux Confins, la conviction d'un Eldorado blanc prenait forme en son esprit et lui dessinait un sourire malicieux. Oui, là-haut se trouvait le projet d'une vie. Des promesses de fortune qui l'autorisait, malgré toute la mesure de l'homme, à se parer de sublimes ailes.

La ravissante Simca écrasée sous les malles montait bien. Un camion de déménagement suivait comme il pouvait. Et en fin d'après-midi les Roussin passèrent le col de l'Étale. Ici la route serpentait encore sur quelques kilomètres à flanc de ravine, dessinant d'effroyables lacets. Les parois se resserraient toujours et enfin, passé une gorge aussi étroite que glaciale, on débouchait sur le plateau culminant de la haute vallée et son petit village qui portait si bien son nom. Comme lors de leur première visite, Aline et Pierre en eurent le souffle coupé. L'effet produit par ce lieu incroyable ne pouvait s'émousser.

Là où Aline redécouvrit de verts pâturages, un lac scintillant, d'élégantes fermes et chalets aux toits de lauzes, Pierre projeta en un instant la station de ski qu'il avait fomentée depuis quelques semaines. En une seconde, il vit tout. Les déclivités douces pour les débutants, les téléphériques accrochés au sommet des massifs pour les amoureux du risque et des panoramas, les restaurants, les logements… Et au milieu de tout ça, le raisonnable magnat des sports d'hiver qu'il pouvait devenir en quelques années.

Hiver 1984

Terminus, tout le monde descend. Les formules toutes faites, c'était tout ce qui restait à Lucien. Il n'osa croiser le regard noir de la compagne du petit Roussin. Lucien ouvrit les coffres et le couple s'empressa de saisir ses bagages avant de s'éloigner. Enfin seul, le chauffeur put se détendre. Son corps retrouva son volume habituel. Toute cette comédie l'avait épuisé. Le silence compact lui tomba dessus comme des kilos de neige décrochés d'un toit. Stationné à l'entrée de la haute vallée, il lorgnait l'embouchure de la route, surveillant les arrivées comme les départs.

Dans son dos se trouvait le village des Confins qu'il connaissait par cœur. En y arrivant par l'est on sortait donc d'une faille abrupte dans la roche. Et quittant ce couloir glacial s'ouvrait devant nous un cirque formant une belle ellipse. Le village s'organisait comme un décor de Far West regroupant les bâtiments principaux sur une rue centrale dont le gentil tracé sinuait pour épouser les volumes d'une pente douce, comme un plateau coulant. Au cœur de ce plateau s'agglutinaient les chalets cossus, d'autres plus modestes qui étaient d'anciens ateliers, et l'Hôtel des Voyageurs. On trouvait çà et là des structures artisanales d'antan, granges ou petits moulins le long des ruisseaux cachés sous la neige.

Sur la droite, derrière le hameau, se formait un petit lac en goutte d'eau fiché au pied de la combe des Confins, culminant à 2 668 mètres, et dont l'ombre imposante recouvrait déjà le village en cette fin de journée. Sur le côté gauche, le massif de la Balme s'orientait plein sud et prenait le soleil toute la journée. On voyait de ce côté-ci une petite route qui s'écartait des habitations centrales et desservait un chalet installé plus haut que tous les autres. Situé à l'écart du village, le chalet de la Balme cherchait à surplomber la ligne entre le soleil et les ténèbres. Et de cette route qui serpentait au pied de la Balme, quelques-unes secondaires s'échappaient avant de disparaître aussitôt, n'ayant rien desservi d'autre que des gares de départ de téléskis abandonnées. À cette distance, un regard averti pouvait deviner les tracés de quatre lignes de tire-fesses. Quatre enfilades de pylônes oubliés qui ne menaient plus nulle part.

Et au bout de l'axe principal, du côté du lac, une déviation se terminait en cul-de-sac sur un vaste replat où trônait une lourde structure géométrique.

Le toit de cet étrange édifice semblait armé de deux canons braqués sur la montagne. Véritable curiosité archéologique, la chose témoignait pour qui le savait d'un projet de gare de télécabines qui jamais n'avait trouvé sa forme définitive. Dans l'axe tiré entre l'édifice et les hauteurs de la Balme, une dizaine de pylônes remontaient le long du massif... et puis plus rien. Et sous cet étrange blockhaus s'étalait un parking fissuré par l'âge et les mouvements de terrain. Un parking fantôme qui attestait une affluence arlésienne – quelques centaines de places qui jamais ne virent venir assez de voitures pour les occuper.

Au fil des livraisons qui se succédaient, Lucien cochait sa liste mentale. Il vit passer les camions chargés de bois, de fuel, de produits d'épicerie et de pharmacie... Pris de frissons il relança le moteur pour se réchauffer. La grande combe des Confins avait maintenant plongé tout le bas du village dans l'ombre. L'atmosphère se chargeait d'une brume tristement suspendue. Ce coin de la haute vallée ne voyait quasiment jamais le soleil et conservait une température glaciale. À mesure que vieillissait le jour, Lucien commençait à s'inquiéter très sérieusement. Il refusait cette peur car il savait très bien en quoi elle se transformerait si elle venait à se confirmer. Il ne voulait pas céder à la panique. Il ne voulait pas admettre cette terreur qui naissait le long de sa colonne vertébrale. Il était peut-être encore temps de redescendre pour s'échapper de ce traquenard. Un camion de la plus grande importance manquait encore à l'appel.

En apnée, Lucien fixait l'étroite faille où la route venue de la vallée faisait son apparition. Comme un amoureux peu sûr de lui, espérant qu'une conquête arrive enfin au rendez-vous, il essayait d'invoquer quelques volontés supérieures, se répétant toutes les dix secondes que le camion retardataire allait se présenter maintenant. Maintenant. Maintenant... Déjà les camions vides entamaient le trajet inverse. Lucien pouvait entendre les secondes cliqueter à la montre du tableau de bord. Le vacarme des véhicules qui repartaient masquait-il celui du camion tant attendu ? Un à un ils disparaissaient dans la gorge, laissant résonner dans l'air le ronronnement spectral de leur présence.

Lucien était frappé d'hallucinations auditives. Ses oreilles reconstruisaient la rumeur d'un moteur diesel, le tintement des marchandises qui s'entrechoquent, le souffle des freins hydrauliques. Mais ses yeux ne voyaient rien venir. Le bleu incertain du crépuscule neigeux envahit tout. Et comme s'ils avaient attendu un signal pour se montrer, d'épais flocons commencèrent à tomber, scellant le destin du village pour les mois à venir. Lucien le savait maintenant : il n'y aurait plus de livraison. Ce dernier camion ne viendrait pas. Ce dernier camion rempli de vins, de bières et de toutes sortes de spiritueux. C'était l'heure pour les gendarmes de Bourg de fermer l'accès à la route menant au col de l'Étale. Plus personne ne monterait aux Confins. Lucien se mit à sangloter. Il s'en voulait de n'avoir pas eu le courage de partir quand il en avait encore l'occasion. Il voulut boire. Boire et s'endormir pour les quelques mois à venir.

Printemps 1964

À l'inverse d'une ville comme Lyon où Pierre avait dû se démener pour être au contact des décideurs, aux Confins il suffisait de frapper aux portes.

À l'arrivée de l'architecte le village ne comptait aucun commerce, à l'exception d'une modeste épicerie. On y trouvait aussi une chapelle, un cabinet de médecin plus proche du dispensaire, un lavoir, un vieil hôtel-restaurant où passaient alpinistes et randonneurs en route vers l'Italie, et c'était à peu près tout. Dans les années soixante, le cœur de l'activité économique reposait sur l'agriculture, aussi le maire ne s'occupait quasiment que de ces affaires, primordiales à l'égard des ressources les plus élémentaires. Le maire des Confins, qui officiait dans son propre chalet, avait pignon sur rue. Et aux Confins, il n'y en avait pas trente-six, des rues. Émile Empereur, comme par la prédestination de son patronyme, régnait sur le village depuis, pour ainsi dire, toujours. Personne ne lui contestait ce titre. C'est tout juste si on organisait des élections. Les mandats se renouvelaient à main levée. On publiait au *Journal officiel*. Et encore.

À peine eut-il le temps de mettre de l'ordre dans ses affaires et dans les idées qui germaient en son esprit depuis des semaines, que Pierre vint rencontrer le maire. On imagine facilement l'impression que fit cet étranger arrivant de nulle part et déjà prêt à offrir sa vision de l'avenir. Cela dit, Empereur était assez malin pour ne pas se faire d'ennemi sans d'abord juger de ses forces. Le maire souhaita la bienvenue à l'architecte et loua ces nouvelles compétences qui seraient forcément utiles à tout le monde. Sa femme proposa à l'architecte de venir dîner chez eux sous peu. Pierre eut donc quelques jours supplémentaires pour peaufiner son approche et tempérer son excitation.

De son côté, Empereur put enfin mettre un visage sur cet étranger qui deux mois auparavant était passé aux Confins sans venir le rencontrer. En effet, Pierre Roussin, lors des premiers repérages, s'était rapidement entendu avec un paysan épuisé et lui avait acheté la ferme de la Balme. Ce n'était pas une grosse affaire car le terrain qui lui était associé était minuscule, à peine de quoi faire brouter cinq vaches et peut-être le double de moutons. Mais ça, Empereur s'en foutait. Ce qui l'intéressait depuis des années, c'était cet emplacement idéalement situé sur le replat, au pied de la Balme en plein soleil. Tout le monde s'accordait à dire que c'était la plus belle vue de la haute vallée. Et merde, le plan était pourtant simple, enrageait Émile. Le vieux mourrait bien un jour ou l'autre, et il n'avait jamais eu d'enfant, cet animal. Des années qu'Empereur lorgnait sur la Balme et s'y voyait déjà. Une fois le vieux crevé à la tâche, il aurait acquis la ferme pour rien ou presque… Il en aurait fait le chalet de ses rêves. Une *villégiature* comme disaient les rupins d'en bas. Qui aurait osé lui demander des comptes, à lui, Émile Empereur ?

Mais ce Lyonnais lui était passé devant. Il était descendu à peine quatre jours à l'hôtel avant de repartir. On s'était interrogé sur ce drôle d'oiseau, venu crapahuter çà et là sous un temps pourri. Les habitants, et Empereur le premier, l'avaient observé de leurs fenêtres. Ce n'était pas un temps à mettre le nez dehors tant le vent et la grêle déchiraient le visage. Malgré cela, cette silhouette avait méthodiquement arpenté chaque recoin, s'était tenue en direction de toutes les perspectives, regardant régulièrement dans le creux de sa main ce qui devait être une montre à gousset… Puis il était reparti. Alors Empereur et les autres avaient compris deux choses. La première, c'est que l'hurluberlu n'avait pas de montre à gousset, mais une boussole. La deuxième, c'est qu'il était le nouveau propriétaire de la ferme de la Balme. Il en avait offert au-dessus du prix. La transaction s'était conclue d'une poignée de main.

Et voilà que l'étranger s'était pointé la bouche en cœur pour toquer à sa porte et lui confier ses plans pour les Confins. Quel culot. Au terme de ce premier contact, voyant ce Pierre Roussin s'éloigner et remonter la pente douce vers ce qui aurait dû être son chalet, Empereur eut la vision brouillée de rage. D'ailleurs, Ludivine, sa femme, l'appelait à table depuis plusieurs minutes, mais il n'entendait plus rien. Plus rien que le battement de son cœur dans ses tempes.

Hiver 1984

Ils lâchèrent leurs valises et tirèrent les lourds rideaux. Bruno ouvrit les deux portes-fenêtres puis entreprit de replier d'immenses volets. Cela prit un certain temps. Les gigantesques panneaux de bois noircis grinçaient et claquaient sur eux-mêmes. Corinne découvrit une baie vitrée hors de toute commune mesure. Par cette ouverture monumentale on aurait pu faire passer un bateau. Un petit avion peut-être. La lumière entra dans le chalet de la Balme par la baie qui s'ouvrait sur toute la longueur du séjour. Corinne reçut en plein visage le gigantesque massif qui lui faisait face. Le rapport frontal à la montagne lui imposa le silence, monstre géologique envers lequel aucun sacrifice ne pourrait suffire. Pleine de révérence elle fit quelques pas sur la vaste terrasse. En contrebas, la petite route descendait gentiment vers ce que les autochtones appelaient la Grand-Rue et qui coupait en deux le cœur des Confins. Mais si on relevait les yeux de quelques degrés seulement, plus rien n'existait à part cet irréel mouvement de terrain séculaire. Le massif des Confins semblait conçu dans l'axe parfait du chalet, ce qui était bien entendu l'exact contraire de la réalité.

L'emplacement du chalet de la Balme était exceptionnel. En cette fin de journée, Corinne remarqua qu'il était le seul à recevoir encore la chaleur du soleil. L'astre n'en avait plus pour longtemps avant de disparaître derrière la silhouette du massif d'en face. Elle l'observait descendre à vue d'œil et créer un semi-contre-jour sur les hautes crêtes. Et déjà le temps se couvrait comme quelque marée bien réglée. Le massif des Confins se composait de deux sommets presque identiques, évoquant à Corinne l'image d'un immense chameau de pierre couché ici depuis la nuit des temps.

Absorbée par ce tableau, elle entendait l'écrivain s'agiter dans le chalet, seule activité à troubler le silence qui filait sur la haute vallée. Il parcourait toutes les pièces pour ouvrir les autres volets, de fenêtres aux dimensions plus humaines. Au contraire de celui du salon, ils se composaient simplement de grands panneaux de bois découpés aux bonnes mesures. Dans chaque pièce Bruno ouvrait les fenêtres, attrapait les boiseries par leurs poignées métalliques et, en les faisant légèrement pivoter, les passait vers l'intérieur. Rassuré, il constata que chaque élément avait bien conservé son entière robustesse. Ils formaient autant de barricades derrière lesquelles on pouvait se sentir à l'abri de tout. Le bois n'avait ni pourri, ni gonflé. Une finition exemplaire et le traitement d'étanchéité les avaient maintenus intacts durant toutes ces années. Le chalet conçu par son père sur les fondations d'une ferme avait prouvé par sa longévité l'intelligence de sa conception et le choix judicieux des matériaux utilisés.

Dans la cuisine – où tout était très bas, plafond, table, chaise, plans de travail, comme à l'habitude dans les foyers ruraux savoyards – Bruno se pencha sous l'évier pour tourner le minuscule robinet. Aussitôt des tuyaux s'éleva le râle rauque de l'eau qui retrouve son chemin. Après quelques hoquets de baleine, le flot coula clair et acheva de tranquilliser Bruno sur l'état du chalet. Il fit le tour des points d'eau de la maison pour les refermer puis finit sa course dans les bras de Corinne qui l'avait intercepté. C'est beau, lui dit-elle tout simplement.

Ils se réchauffèrent l'un l'autre par friction dorsale. Le thermostat à peine relancé était loin d'avoir rendu l'endroit vivable. Une légère buée s'élevait de leurs paroles. Ils s'enlacèrent encore quelques instants sans rien dire au milieu du grand séjour encore glacial, leurs valises échouées à leurs pieds. La pièce qu'on pouvait qualifier de salon-cathédrale tant son plafond était haut ouvrait donc sur la terrasse plein sud. À l'opposé, un pan de mur accueillait une cheminée condamnée avec sa base en pierre brute surmontée d'un conduit en cuivre sectionné en son milieu. (Corinne interrogea Bruno sur cette curiosité et ce dernier lui dit que le chalet avait failli brûler, à la suite de quoi son père y avait interdit l'utilisation de l'âtre.) Sur la droite, une porte donnait sur l'entrée, qui elle-même desservait la cuisine et la salle de bains. Flanqué sur le mur côté droit montait un escalier abrupt dont les rampes étaient composées de simples cordages, assez épais pour rappeler ceux d'un bateau. À l'étage, une coursive ouverte en mezzanine surplombait le salon pour mener à une première petite chambre – celle qu'occupait Bruno lorsqu'il était enfant – puis un cabinet de toilette, et enfin à la grande chambre parentale dans laquelle le couple déposa ses bagages.

Corinne y découvrit un grand dressing composé de penderies et d'étagères sur lesquelles elle trouva des draps rêches et des taies d'oreiller marquées des initiales du couple qui avait occupé ce lit avant eux. Ils se savaient à demeure pour tout l'hiver, aussi ils déballèrent consciencieusement tout le contenu de leurs énormes valises pour en remplir les étagères qu'ils s'étaient attribuées logiquement. Les deux du haut pour monsieur, plus grand. Toutes les autres pour Corinne, plus fournie en garde-robe, Dieu sait pourquoi, car ici ils ne risquaient pas d'être étouffés par les mondanités.

Ce faisant Corinne imaginait son homme, encore enfant, grandir dans cette maison aussi reculée que paradisiaque. Elle s'émerveillait de comparer ce gosse des montagnes avec l'homme dont elle était tombée amoureuse il y avait peu à Paris. Elle espérait entendre les anecdotes de ses jeux et rêveries, ici sous les imposantes montagnes qui avaient dû être les bonnes fées de son imaginaire. Celles qui lui avaient soufflé les univers qu'il construisait sur ses feuilles aussi blanches que la neige qui les entourait. Bruno resta silencieux. C'était bien son genre de faire le mystérieux.

Une fois leurs affaires en place, le froid qui vivait ici avant eux n'avait toujours pas plié bagage. Mais le ballon devait sûrement être apte à fournir un bon bain chaud pour compenser. Bruno suggéra donc à Corinne d'en profiter tandis qu'il continuerait à mener l'intendance : ranger les provisions, faire un tour à la cave, et d'autres choses qui n'étaient que des prétextes pour éloigner Corinne. Elle trouva cette idée lumineuse, embrassa l'écrivain sur la joue avant de saisir ses affaires de toilettes pour descendre à la salle de bains.

Enfin seul, il ouvrit la fermeture éclair de sa deuxième valise. Il en sortit un Macintosh, ce bijou informatique qui venait de sortir et qu'il s'était offert sur les conseils et grâce aux versements de son éditeur. D'abord réfractaire, Bruno avait saisi les opportunités incroyables qu'offrait cet outil nouveau équipé d'un logiciel de traitement de texte. Testant le Macintosh chez ce même éditeur, il était resté fasciné devant l'écran capable de simuler le produit fini de l'édition. Lui qui avait écrit son recueil à la main sur des carnets… Voilà qu'on pouvait écrire, corriger, mettre à la ligne, reprendre, effacer, copier, coller, le tout sans une rature ni blanc correcteur. Il avait néanmoins été refroidi par certains aspects techniques et esthétiques de la chose. D'abord, la *page* blanche s'auto-illuminait d'une teinte bleutée qui l'avait dérangé au premier abord. Ce bleu louche et scintillant lui rappelait des ciels maussades, des orages en approche ou des dimanches à mourir d'ennui, son enfance en somme. De nuit c'était pire, il se retrouvait face au fantôme d'une feuille, le spectre d'un livre impossible venu hanter ses rêves éveillés. Et enfin cette barre clignotante, clignotante, clignotante si bien qu'il n'écrivait pas. Depuis qu'il connaissait son nom – un curseur – il en avait un peu moins peur. Mais tout de même. Cet austère métronome lui intimait d'écrire sans quoi il clignoterait éternellement. C'était tout comme une arme chargée et pointée sur la tempe de son peu d'inspiration. Mais il fallait vivre avec son temps, prétendait l'éditeur. Et grâce au Macintosh, il vivait avec son temps, il en gagnait, et seulement grâce à cet outil il pourrait respecter les termes du contrat qu'il avait passé : redescendre des Confins avec son premier roman bouclé.

Il installa le Macintosh et son clavier bien au centre du bureau, et s'assit face aux deux fenêtres qui donnaient sur la sortie du village. Ainsi Bruno se tournait vers la route qui menait au monde civilisé, il se tournait vers le mot « FIN » qu'il rêvait déjà de composer sur le clavier. De sa valise il sortit quelques feuilles imprimées, des brouillons ou notes auxquels il s'était essayé sur le traitement de texte et qu'il avait imprimés chez son éditeur. Il organisa également ses crayons, stylos, carnets… autant d'outils que les acharnés du progrès proclamaient déjà bons à foutre au clou. Il fit quelques pas en arrière et jaugea l'aspect de son espace de travail. Était-il assez accueillant ? Aurait-il envie de s'y installer tous les jours ? Il décida que c'était suffisant et se retourna vers sa valise pour la refermer. Mais elle n'était pas vide. Loin de là. Elle était même encore horriblement lourde. Et le plus discrètement du monde, il redescendit les dangereuses marches qui menaient au salon, portant comme il le pouvait ce sac dont il souhaitait qu'aucun son ne s'échappe.

Sous les marches de l'escalier ajouré se trouvait une trappe, une ouverture parfaitement carrée découpée dans le sol, que l'on pouvait soulever à l'aide d'un anneau de métal. Il l'ouvrit, et en manœuvrant avec une infinie précaution, il parvint à descendre les barreaux de l'échelle en portant d'un bras la lourde valise qui – étrange fulgurance dont il fut traversé – aurait pu contenir les cadavres découpés d'écrivains concurrents.

La cave s'étendait sur toute la surface au sol du chalet. Au centre, l'énorme chaudière ronronnait comme un dragon ensommeillé. D'un côté, un râtelier à skis sur lequel des équipements dépassés avaient pris la poussière. Et à l'opposé, des étagères sur lesquelles s'empilaient des luges en bois, des skis et des chaussures archaïques, des outils agricoles hors d'usage qui n'étaient plus que de la décoration… C'est face à ce fatras qu'il déposa la valise. Il l'ouvrit et écarta le drap qui gardait son contenu secret. Chaque bouteille d'alcool était séparée de sa voisine par un enchevêtrement de tissu destiné à rendre la cargaison parfaitement insonore. Un à un, il saisit les flacons de gin, whisky, vodka, rhum, pastis, poire, vin, bière, et les disposa sur les étagères pleines de toiles d'araignées.

Cette tâche achevée, il fit le compte de cette réserve qu'il ne connaissait que trop bien. Trente-deux bouteilles. Un tour du monde de l'ivresse pour qui voulait s'y lancer. Trente-deux bouteilles qu'il dissimula derrière l'embrouillamini de reliques poussiéreuses. Puis il se demanda s'il y en avait assez. Pas pour lui, car l'écrivain ne buvait pas. Il se demandait s'il y en aurait suffisamment pour délier les langues.

Printemps 1964

Pierre et Aline étaient bien trop habillés. Habitués des dîners entre notables où, en réalité, le peu de goût n'avait d'égal que la dimension des broches accrochées aux poitrines des épouses, ils se sentirent de grossiers étrangers lors de ce premier dîner en compagnie du maire des Confins et de sa femme. Un premier dîner à quatre qui serait également le dernier.

Si Pierre s'était davantage renseigné sur son hôte, il aurait pu deviner la combine. Empereur avait tout fait pour paraître chiche. Il ne souhaitait pas que Pierre le considère comme ce qu'il était vraiment, un propriétaire de nombreux longs prés, un nabab des alpages au sommet d'un système de féodalité qui persistait. Le rôle qu'il endossait était celui du vieux berger dépassé par les événements, éloigné de tous calculs, se consacrant corps et âme à sa petite commune rurale. Une partition parfaite pour que les projets de Pierre lui passent au-dessus de la tête.

De l'entrée au fromage on laissa les femmes mener la discussion. Ludivine Empereur rassurait Aline à propos de l'école élémentaire qui se trouvait un peu plus bas, à Viclaire. Certes, ils n'étaient pas à Lyon, mais l'enseignement était chose primordiale dans les vallées, si hautes soient-elles, et ce depuis des centaines d'années. Des hameaux, plus reculés et plus minuscules encore que Les Confins, avaient leurs instituteurs. Peu importe l'altitude, en montagne on fabriquait des têtes bien faites et des êtres vigoureux. Le petit Roussin apprendrait tout ce qu'il faudrait, et davantage grâce au contact direct avec la nature. Ici, les leçons de choses étaient des leçons de vie. Les deux femmes s'entendirent à merveille et s'appliquèrent à polir ce moment délicat d'un premier dîner entre nouveaux voisins. (Bien évidemment, on se garda d'évoquer le rôle de chacun durant l'Occupation. Les Alpes avaient accueilli nombre de fuyards, juifs ou résistants. Des familles cachaient. D'autres livraient. Alors pourquoi risquer de se fâcher si tôt.) Arriva le moment du dessert. Voyant que Pierre n'en pouvait plus d'impatience, le maire s'enquit des projets de son nouvel habitant, non sans avoir savouré jusque-là de le voir ronger son frein et sa serviette de table. Apparemment, il en avait, des choses à dire, le Lyonnais.

Malgré sa placide façade, Empereur fut impressionné par l'homme et ses visions. Toute la mauvaise foi du monde n'y pouvait rien tant l'architecte était habité par son projet. Un projet si habilement conçu que, si Empereur n'avait pas cumulé tant d'intérêts contradictoires, il aurait conquis les bonnes grâces du maire. Ce fut sa femme qui s'en émerveilla sans réserve, au prix de discrets coups de pied de la part de son mari pour qu'elle la ferme.

En préambule, Pierre déroula son parcours, ses compétences et ses réalisations que l'on pouvait voir de Dole à la région lyonnaise en passant par le Morbihan. Il ne parla quasiment pas des commandes privées et souligna son expérience dans la conception et la construction de projets d'envergure. Affirmant sa capacité à réaliser de grands ensembles, il exprima honnêtement son avis sur ceux en cours de réalisation, notamment aux Grands Mignes dans la vallée voisine. Dieu merci, il ne préméditait en rien de transformer les Confins en quelque chose de semblable. Ce qu'il imaginait était bien plus élégant. Un dessein à contre-courant des machines industrielles qui s'achevaient à quelques kilomètres de là. La clientèle serait certes moins nombreuse, mais plus chic. Elle serait prête à payer un peu plus, pour des infrastructures moindres certes – moins de kilomètres de pistes, moins de lits, moins de télésièges, moins de snacks –, mais pour une expérience paradisiaque sur un site qui ne l'était pas moins. Très concrètement, Pierre Roussin pensait facilement attirer les Suisses et les Autrichiens, plus intéressés par un cadre inoubliable que par une accumulation de services et de supposées commodités. Aussi, située au plus près de Bourg et des grands axes qui y menaient, la haute vallée des Confins serait une petite station d'aventure et de proximité. Les séjours courts y trouveraient tout naturellement leur place. Pour l'énorme complexe des Grands Mignes, il fallait bien compter une heure et demie de plus en voiture, voire trois si les conditions n'étaient pas idéales. Sur le temps d'un week-end, ça comptait.

La première phase consistait en l'érection de lignes de tire-fesses. Plusieurs segments de différentes longueurs couvriraient environ un tiers du massif de la Balme. En effet, ce versant situé en plein soleil présentait une géographie idéale. Du village situé à 1 644 mètres d'altitude, le volume s'élevait gentiment entre combes enneigées et forêts de sapins et de mélèzes, et ce jusqu'à 2 000 mètres d'altitude environ. Il s'agissait donc d'exploiter tout d'abord ce premier étage du massif selon toute logique entrepreneuriale. Les investissements restaient modestes et correspondaient tout de même à une offre de qualité en termes de pratique du ski. Pierre détaillait déjà les tracés des pistes qui pour la plupart suivaient des chemins d'alpages séculaires. Le modelage du massif serait minime, les pistes seraient autant de balades inoubliables serpentant entre les sapins, les possibilités de hors-piste seraient terriblement attractives pour les têtes brûlées ou les marcheurs en raquettes.

La deuxième phase du projet s'appuierait sur les bénéfices réalisés par la première et s'attaquerait au second étage du massif de la Balme. À une altitude d'environ 2 100 mètres se trouvait un vaste replat qu'on appelait La Bergerie. Les transhumances qui s'y dirigeaient depuis des centaines d'années avaient tout naturellement indiqué ce toponyme. Pierre exposa sa vision, cette fois-ci accompagnée de croquis séduisants. Empereur découvrit des esquisses de bâtiments tracés à la gouache sur du Rhodoïd et superposées aux clichés en noir et blanc du massif que Pierre avait lui-même réalisés. Cette mise en scène était sidérante. Perchée à haute altitude, on y découvrait l'arrivée d'une ligne de télécabines qui rejoignait une zone plane remplie de skieurs. Un télésiège prenant comme départ le replat de La Bergerie rendait possible l'ascension jusqu'au col de la Balme afin de profiter d'une vue à couper le souffle sur les sommets alentour. Et le clou du spectacle, c'était l'hôtel de La Bergerie. Un édifice absolument incomparable tant par sa situation que par son dessin. Pierre s'était affranchi de tout ce qui se faisait en ce moment, de tous les projets de complexes hôteliers existants. À l'heure où les architectes érigeaient ces tours verticales, ces cages à lapins alpines comme il les désignait, Pierre avait pris le parti de l'horizontalité.

L'hôtel de La Bergerie s'appuyait sur un concept troglodyte et enfonçait sa surface habitable dans la pente du massif pour mieux se dissimuler à qui se trouvait en amont de l'établissement. Large d'une centaine de mètres, et haut d'une douzaine, pas plus, le toit se confondait avec la pente naturelle en la forme d'une douce sinusoïde. L'intégralité des chambres, boutiques et restaurants était donc orientée plein sud, dos à la pente, le tout abrité par une façade monolithique faite essentiellement de baies vitrées et de discrets balcons en bois clair.

On n'avait rien vu de pareil. Les Empereur ne purent s'empêcher de s'émouvoir. Aussi Pierre ne regretta pas d'avoir conçu cette simulation visuelle qui n'était certes encore qu'une vue de l'esprit... Il transgressait par ce genre de promesse tout ce qu'on lui avait appris en architecture et encore plus en ingénierie. Mais de ces années d'expérience, de ces séances de séduction des élus et des promoteurs, il avait tiré une leçon essentielle : ce qu'on commençait à peine à nommer *marketing* constituait le plus souvent 90 % du travail de persuasion. Un dessin stupéfiant ouvrait plus sûrement les bourses que mille études. D'ailleurs, partout en France on voyait fleurir ce genre de panneaux sur lesquels les services publicitaires des différents promoteurs s'étaient tous refilés la même accroche : *ICI, BIENTÔT : VOTRE RÉSIDENCE ARBORÉE.* Ou encore : *ICI, BIENTÔT : LA MAISON DE VOS RÊVES.* Et ces dessins n'étaient que des mensonges tant on y voyait d'arbres d'emblée centenaires. Peu importait leur âge ou leur sérieux, les hommes aimaient mieux rêver que réfléchir. Pour sa part Pierre rêvait en réfléchissant. C'est d'ailleurs ce qu'il prouva aussitôt au maire en projetant d'ores et déjà le modèle de financement de la phase 1. Une première étape qui, s'ils avaient un peu de chance et trouvaient de bons partenaires, ne coûterait pas un sou ni à l'architecte, ni à la commune des Confins.

C'était justement ce à quoi pensait Empereur. Mais comment allait-il financer tout ça ? Sûrement pas avec l'argent du village qu'il considérait comme le sien ! Encore moins avec les deniers personnels de l'architecte, qui ne l'autorisaient qu'à rouler en Simca. Pour Émile, la bagnole d'un homme définissait son train de vie. La notion de paradoxe lui était étrangère. Alors ce Pierre Roussin pouvait rêver, projeter, dessiner… Il n'avait pas la faculté d'investissement nécessaire, c'était sûr. Mais ce qu'Émile découvrait ce soir, c'est que Pierre avait de très multiples talents auxquels il fallait ajouter celui de l'entrepreneur astucieux. En plus d'être un salopard prétentieux avec son costume trois pièces et ses grands airs, il était aussi malin comme un singe.

Quand Ludivine servit les digestifs – dont Pierre ne prit qu'un verre, par politesse, quand le maire en consomma six –, Émile Empereur n'écoutait plus. Il appréhendait déjà cette visite qu'il lui faudrait rendre à son frère une fois que le Lyonnais et sa jolie femme auraient débarrassé le plancher. Il redoutait la fureur de Léon Empereur, qui détestait les mauvaises nouvelles, comme ceux qui les portaient. Malgré toute la chaleur de l'âtre, Émile tremblait à l'idée du traitement que lui réserverait son aîné, tels ces messagers de l'Antiquité sacrifiés sur l'autel de la colère des puissants.

Hiver 1984

L'écrivain avait plus d'un projet pour l'hiver. Sa venue aux Confins ne concernait pas seulement l'écriture d'un roman. Les événements allaient pourtant dépasser la vengeance qu'il se croyait capable d'assouvir. Ou, disons-le autrement, le cours des choses était en passe de rejoindre un dessein qu'il n'avait pu s'avouer consciemment. À la sauvagerie des lieux s'ajouterait bientôt celle des hommes ici réunis… Et bien plus tôt que ne l'imaginait le romancier.

Une fois son plan de travail installé et sa réserve d'alcool dissimulée, Bruno ressentit une lourde fatigue. Le voyage avait été long. D'abord le TGV en direction d'Annecy. Puis un premier autocar jusqu'à Bourg-le-Beauregard. Puis un second vers Les Confins… Celui-là même conduit par Lucien qui avait reconnu le petit Roussin, et c'était réciproque. Au-delà d'un souvenir d'enfance, Bruno avait croisé la route de Lucien plus récemment.

C'est même cette rencontre fortuite sur laquelle nous reviendrons plus tard qui allait provoquer les événements de cet hiver 1984.

L'écrivain vérifia que la prise murale à laquelle le Macintosh était branché fonctionnait. L'écran tremblota pour signifier sa mise en tension. La réplique naïve de l'appareil lui fit son habituel clin d'œil. C'était bien d'avoir un copain en ces circonstances. Certes, il y avait Corinne… mais elle était loin de représenter ce que l'écrivain considérait comme un ami. Ceci dit, avait-il déjà eu un seul ami ? Cette pensée assombrit Bruno et il s'en détourna aussitôt. Il se résolut à se mettre au travail… Non pas un travail de rédaction sur le Macintosh. Il était trop tôt pour ça. Il fallait commencer par se documenter. C'est comme ça qu'on écrivait un bon livre, n'est-ce pas ? Pourtant, pour son premier essai qui avait remporté tant de succès, l'écrivain n'avait pas fait l'ombre d'une recherche ni esquissé de plan. Il n'était même pas sûr de l'avoir écrit lui-même. Un coup de bol monumental.

Son éditeur, à qui il avait confié ses inquiétudes, lui avait assuré que cela n'avait rien d'un coup de bol. Il s'agissait selon lui de talent. Disant cela, l'éditeur avait accablé l'écrivain sans même s'en douter. Ceux qui décernent de tels compliments ont rarement conscience des responsabilités qu'ils engagent. Mais trêve de couardise. Cette fois-ci il allait faire les choses dans l'ordre et commencer son enquête.

Corinne traînait encore dans son bain, prise dans la torpeur de la salle d'eau surchargée de vapeur. À travers la porte Bruno lui cria qu'il sortait voir de vieilles connaissances – ce qui n'était pas tout à fait faux – et *tâter le terrain*, ajouta-t-il sans trop savoir pourquoi. Il ne croyait pas si bien dire. Il s'était en effet engagé sur une pente très glissante. Un plan aux inclinaisons si terrifiantes qu'il refusait encore de voir cette réalité en face. Une petite voix lui criait qu'il était inconscient, qu'il ne savait pas où il mettait les pieds. Mais cela faisait bien longtemps que cette petite voix était bâillonnée. Cette petite voix crevait de peur, seule, enfermée au fond d'une cave.

Il fit quelques pas sur la route et préféra aussitôt couper à travers champs pour écouter ses pieds s'enfoncer dans une neige plus épaisse. Les flocons tombaient, épais comme des queues de lapin. La couche de neige fraîche produisait ce son que Bruno aimait tant, ce doux craquement sourd et enveloppé. Il s'enfonçait jusqu'aux chevilles sans souci, bien chaussé qu'il était. L'écrivain s'était équipé d'une panoplie complète pour l'hiver, et malgré la température négative il se sentait comme sous sa couette un dimanche d'été. Il ne regrettait pas de s'être offert ces après-ski hors de prix qu'on aurait pu voir aux pieds d'un trappeur en route vers le Grand Nord.

Le cuir souple et imperméable lui montait presque aux genoux, les chevilles enserrées par d'épais lacets doublés de sangles en Velcro.

Ses sorties nocturnes seraient nombreuses et se devaient d'être discrètes. Il devrait éviter l'enchevêtrement des chalets à touche-touche qui formaient le cœur du hameau. Tout y était éclairé de lampadaires diffusant une lumière orange. Il lui faudrait s'enfoncer dans les parcelles pleines de poudreuse afin d'éviter les regards. Il ne pouvait prendre le risque de chuter dans quelque congère et voir ses pieds y geler le temps qu'il s'en extirpe. Bruno savait bien qu'en montagne la mort arrive vite, ou pire encore… Car si les choses tournaient mal, une mort propre et rapide restait le plus beau cadeau que les cimes pouvaient vous faire.

Tels les filins qu'on entend claquer le long des mâts de bateaux, le vent faisait carillonner les vestiges de téléskis jalonnant les douces pentes du massif de la Balme. Ces téléskis n'étaient plus équipés de perches ni de câbles, cela faisait maintenant presque vingt ans que ces remontées mécaniques étaient hors d'usage. Déboulonner chaque pylône – il y en avait presque cent soixante répartis sur quatre segments de longueurs variables – aurait coûté trop cher à la mairie des Confins. La communauté de communes qui l'avait remplacée dans ses compétences ne s'y était jamais résolue non plus.

Par grand vent comme ce soir les poulies pleuraient dans la nuit sans lune. Et si on fermait les yeux, on pouvait imaginer sur les pentes un cimetière de vieux bateaux, échoués ici après le reflux complet des mers d'une ère oubliée. Une bourrasque plus puissante entraîna les poulies rouillées, qui s'emballèrent dans un cri déchirant. L'écrivain imagina, tapie dans l'ombre illisible et tachetée, une meute de vieux loups se faisant seppuku de concert.

Il constata de ces hauteurs que rien ou presque n'avait changé dans le village. Au centre du hameau les chalets s'imbriquaient comme pour se réchauffer les uns les autres. Il reconnut les quelques fermes satellites, presque toutes abandonnées. Il avait partagé jeux et poursuites avec les enfants qui s'y trouvaient alors. Vers ses vingt ans, il en avait recroisé certains lorsqu'il avait fait une saison comme barman aux Grands Mignes. Pour ces natifs des Confins, la grande station représentait un indépassable accomplissement. Les vastes espaces de leur enfance ne leur avaient manifestement pas ouvert l'esprit. Bruno n'avait pu se lier d'amitié avec aucun d'eux car il les avait vite vexés, évoquant sans cesse ces ailleurs qu'un fils d'architecte semblait mériter… Il n'y avait passé qu'un hiver alors qu'il étudiait encore aux beaux-arts de Grenoble. De cette saison il avait retenu deux choses essentielles : il savait réaliser des cocktails très buvables pour enivrer les Anglaises, et il n'avait aucun avenir s'il restait là-bas.

Quelques lumières dans les fermes des Confins témoignaient de présences qui n'avaient pu quitter les lieux, principalement de vieilles gens sans autres perspectives que celle des hautes vallées qui bouchaient tout horizon. En un sens, il respectait maintenant ces individus tenaces qui n'avaient jamais vu la mer. Il aurait sûrement aimé lui aussi passer sa vie ici, à ne courir qu'après les vaches, l'eau et la lumière. Il s'imaginait parfois une existence parallèle en ces lieux si les choses ne s'étaient pas déroulées de la sorte. D'autres lumières venaient de l'Hôtel des Voyageurs, qui n'avait pas bougé d'un flocon. L'établissement faisait aussi bar. Aujourd'hui principalement bar. C'était d'ailleurs là que Bruno se rendait. D'autres lumières encore laissaient deviner la silhouette de quatre ou cinq très beaux chalets de maîtres, auxquels on avait ajouté des étages. Leurs propriétaires avaient choisi ce lieu reculé pour une retraite qu'ils espéraient le plus tranquille possible. Bruno savait très bien à qui appartenaient ces chalets plus grands, plus chics que les autres, à l'exception du Ranch bien sûr…

Derrière le village, au bord du lac, de grandes illuminations venaient de la demeure de l'ancien maire, Émile Empereur. (Le vieil homme s'était débarrassé de ses obligations de maire du village en intégrant Les Confins dans une communauté de communes.)

Il avait gagné un paquet de fric, le vieil Émile. Et quels changements il avait effectués sur sa résidence… Et le mot « résidence » n'était que trop modeste pour décrire la chose. Dans le coin on l'appelait donc le Ranch avec autant d'ironie que de jalousie. Si on se rappelait ce qu'avait été le chalet d'Empereur dans les années soixante on pouvait deviner la structure d'origine, sur laquelle se développaient aujourd'hui de délirantes extensions. Ce filou d'Émile avait un jour ou l'autre fait un gros coup, et ça se voyait.

À l'image de certains châteaux composites dont le cœur moyenâgeux se prolonge d'ailes et de donjons fantasques, le chalet des Empereur avait pris des proportions ubuesques en une juxtaposition surréaliste de styles. Le Ranch n'était autre que l'enfant pourri gâté né d'un chalet suisse de grand luxe et du Xanadu de *Citizen Kane*. Bruno se résolut à admettre que l'édifice ne supporterait aucune description valable, aussi minutieuse et patiente soit-elle, mais on pouvait essayer. Sur tout le côté gauche du rez-de-chaussée, au travers d'immenses baies vitrées, flottait une onde turquoise jaune, laissant deviner à toute la haute vallée qu'il s'y trouvait une piscine intérieure. Symétriquement, sur le flanc droit du bâtiment, on trouvait une façade habillée d'un assemblage de fines roches grises, à la manière dont Franck Lloyd Wright usait du minéral. Cette façade était percée de trois portes automatiques de garage.

Derrière devaient se trouver des 4 × 4 Defender, des motoneiges, des petites anglaises de collection. Les parties supérieures n'étaient que balcons filants et fenêtres innombrables qu'une toiture tripartite surmontait fièrement. Il y avait partout des tourelles, des pavillons, des bow-windows et tant d'autres saillies dont Bruno ne connaissait pas le nom.

L'écrivain rejoignit le macadam et entra dans l'axe principal du village. Sans la lumière des quelques lampadaires l'endroit aurait ressemblé au plus inquiétant des coupe-gorge sibériens. Le faisceau des éclairages publics révélait l'intensité des chutes de neige et, par un malheureux contraste, anéantissait le reste du monde, semblable à un grand mur noir. Bruno reconnut la maison du médecin, un chalet sans charme dont la base était constituée d'un béton grumeleux couleur paille. La plaque n'avait pas changé depuis son enfance. On pouvait y lire « Dr Barnabé Collomb – Généraliste ». Compte tenu de l'absence de lumière aux fenêtres, on pouvait raisonnablement penser que le médecin se trouvait au bar comme la plupart des habitants restés pour l'hiver.

Le jour de la fermeture du col prenait ici un tour particulier. C'était en quelque sorte le Nouvel An des Confins. Un jour charnière qui donnait l'occasion de se bourrer la gueule un bon coup et de se taper dans le dos. On se donnait du courage. Mais selon le souvenir de l'écrivain, ici les occasions ne manquaient pas pour se bourrer la gueule. Ce jour n'était qu'une excuse de plus au comportement franchement alcoolique de l'ensemble de la population masculine de la haute vallée des Confins. On pouvait parfaitement le comprendre. En plaine, en ville, à la campagne, au bord de la mer, la population française (pour ne pas dire mondiale) consacrait déjà un temps fou à s'enivrer pour le faire passer, ce temps. Ici, c'était une question de survie. L'alcool sous toutes ses formes devenait un produit de première nécessité, et d'autant plus durant ces sombres mois d'autarcie.

Printemps 1964

Le lendemain de son dîner avec les Roussin, Émile Empereur avala son petit-déjeuner sans appétit ni enthousiasme. L'œuf au plat était trop cuit et le jambon trop froid car sa cruche de femme ne l'avait pas sorti du cellier la veille. Ludivine avait deviné dès les premières lueurs de l'aube que son mari serait d'une humeur exécrable. Sans rien y comprendre d'ailleurs. N'étaient-ce pas de bonnes nouvelles ? La commune avait besoin de sang neuf, de jeunes travailleurs, de nouvelles richesses. Elle-même rêvait de nouvelles perspectives. Ludivine entendait à la radio que le monde changeait à toute vitesse, on y parlait croissance, autoroutes, machines à laver automatiques et postes de télévision… Aux Confins il n'y avait même pas d'antenne pour bénéficier des ondes de la modernité. Ce monsieur Roussin voulait justement en construire une et à ce titre elle l'aimait déjà. Un sentiment qu'elle se gardait bien d'exprimer tant Émile semblait éprouver toute une gamme d'émotions contraires à l'endroit des nouveaux résidents de la Balme. Ludivine trouvait même Pierre très séduisant.

Ce matin-là donc, les neurones d'Émile frictionnaient comme autant d'oursins montés sur piles. Il avait franchement abusé du digestif. Après ses six ou sept verres consommés à table, il avait fini la bouteille seul, prostré auprès de l'âtre. Ayant à peine terminé son petit-déjeuner, il sauça nerveusement le jaune d'œuf crevé en monologuant face à sa femme muette. Mais pour qui se prenait ce Lyonnais de mes deux ? Une bonne idée, tu rigoles. Tu ne comprends donc rien à rien. Émile justifia ses griefs et son humeur par l'acquisition qu'avait fait Pierre Roussin du chalet de la Balme, il n'y avait aucune raison d'en dire davantage à sa Ludivine. Après tout, qu'aurait-elle bien pu y comprendre, une bonne femme ? Croyant sincèrement qu'Émile parlait du chalet de la Balme, Ludivine voulut lui rappeler qu'ils étaient très bien chez eux, au bord du lac. Ce furent les seuls mots qu'elle prononça, si bas qu'elle ne s'entendit pas elle-même. Émile repoussa son tabouret, s'essuya la bouche et jeta sa serviette sur la table. Il avait des gens à voir, ne serait de retour que le soir, et quitta les lieux sans un regard pour Ludivine.

Au volant de sa Citroën Ami 6, Émile dévala rageusement la haute vallée, prit à gauche sur la D909 et poussa l'automobile en remontant vers les Grands Mignes. Le soleil lui transperçait la rétine, putain de digestif. Émile n'apprenait jamais de ses erreurs. Tous les soirs il buvait trop, tous les matins il payait la note. Sa fébrilité l'obligea à modérer son allure, car il ne s'agissait pas non plus de finir au fond de la ravine comme un vulgaire touriste. L'Ami 6 était certes un beau modèle – un cadeau des nouveaux amis de la famille Empereur – mais sa tenue de route et sa classe n'étaient en rien comparables à une MG Midget, ou à la Volvo P1800 dont Émile rêvait encore. L'Ami 6 restait une voiture bourgeoise et raisonnable. En cela il trouvait le présent presque humiliant. Émile était d'une humeur de chien écrasé.

C'est alors qu'il perçut enfin tout le bien qu'il pouvait tirer de la situation. L'arrivée de Pierre Roussin et ses projets allaient permettre au petit frère qu'il était de grandir aux yeux de Léon, son aîné. Il était le messager d'une menace certaine. On lui demanderait de s'en occuper. On le récompenserait ! Mais son humeur instable divaguait au fil des virages. Et aussi vite qu'il s'était extasié sur un avenir radieux, aussi tôt il doutait du seul fait d'être à la hauteur. Après un nouveau virage, il parvint à se calmer et pensa que son grand frère Léon, comme d'habitude, saurait quoi faire. Il se contenterait d'exécuter les ordres. Émile doubla une vieille Panhard qui se traînait et cela lui suffit pour regonfler le torse. Il toisa du regard le petit bonhomme qu'il dépassait, un comportement propre aux petits prédateurs opportunistes dont il faisait partie.

Il ne fit pas un kilomètre de plus qu'il se trouva bloqué dans son élan au cul d'un semi-remorque. Le chargement d'immenses poutres en acier avait pour destination les Grands Mignes, forcément. Émile bouillonnait d'impatience et forçait ses écarts, espérant ainsi trouver la visibilité suffisante pour effectuer un nouveau dépassement. Ce qu'il découvrit ce faisant, c'était d'autres camions en file indienne. Sa fébrilité lui interdit de tenter l'aventure. Il fit donc un effort surhumain pour prendre son mal en patience. Il était comme ça, Émile, incapable de la moindre emprise sur ses pensées. Sans l'adrénaline de la vitesse – ou celle des alcools, liqueurs, bières, qui rythmaient ses journées – son esprit n'était pas son copain et n'avait de cesse de le ramener vers le ressentiment et l'envie. Il broya du noir les deux heures qui suivirent…

Piaffant toujours derrière ce convoi chargé de matériaux de construction, il bifurqua à droite et s'engagea sur le barrage qui reliait les deux versants de la vallée. Là il faillit bien s'arrêter net et respirer un bon coup. L'ouvrage délirant lui faisait toujours ce même effet. Sur sa droite le vide menaçait d'aspirer le monde entier. Aussi il concentra son attention sur le côté gauche et les eaux noires du lac artificiel des Grands Mignes. L'image morbide du vieux village qui se trouvait au fond le glaça comme chaque fois. Il se rappela quelle histoire cela avait été pour son frère Léon de convaincre toute cette population de partir. De toutes les forces en puissance, celles du mépris et de l'argent avaient été les plus fortes. Si c'était dans ce monde qu'il fallait vivre, un monde où l'on devrait toujours plus construire, pour toujours gagner plus, quitte à engloutir ce que des familles avaient mis des centaines d'années à construire, les Empereur avaient choisi leur camp et ils avaient bien fait ! Pour donner le change, on avait organisé des semblants de débats, ouvert des consultations et des cahiers de doléances. Mais ce n'étaient que des manœuvres. En plus haut lieu, les décisions étaient déjà prises depuis longtemps. On les avait foutus à la porte et on avait noyé leurs souvenirs.

Telle une caravane d'acier les camions quittèrent la route principale en direction du dernier complexe immobilier en date, fiché au bord du lac dont les contours grignotés témoignaient de sa nature artificielle. Émile fut frappé par deux choses. Tout d'abord, il n'en revenait pas de la vitesse à laquelle on construisait ici ! C'était sûrement grâce aux techniques d'assemblage en kit. D'ingénieux esprits avaient conçu une nouvelle méthode de construction standardisée qui permettait d'assembler les matériaux comme des Lego. Un travail que l'on pouvait alors confier à une main-d'œuvre très peu qualifiée. L'art et la manière avaient été eux aussi laissés pour morts au fond du lac, avec de gros boulets accrochés aux pieds.

Ce qui amenait Émile à ce deuxième constat : c'était à chier, tout ça, il fallait bien le reconnaître. Un immense panneau présentait le dessin prospectif de ces nouvelles unités de logement. On pouvait y lire : « ICI BIENTÔT, VOTRE APPARTEMENT AU PIED DES PISTES ». En toute honnêteté, il aurait fallu écrire : « ICI BIENTÔT, VOTRE APPARTEMENT EN PLEIN COULOIR D'AVALANCHE ». Les immeubles récents, comme toutes les monstruosités qu'on édifiait aux Grands Mignes, portaient un nom inspirant. Celui-ci se nommait Le Renouveau. C'était plutôt Le Début de la Fin, pensa Émile qui regretta aussitôt cette pensée… Il devait faire confiance aux professionnels du futur, son frère Léon en tête. Or, en dépit du peu de sens esthétique qu'il se connaissait, Émile ne pouvait ignorer la laideur de ces cages à touristes. Quel genre d'abruti pouvait acquérir les misérables quotes-parts de ces taudis ? Seulement, tout était déjà vendu. Son frère avait le génie du commerce, et par ruissellement il en profitait déjà. Alors, aux chiottes la montagne et son éclat. Et si eux ne réalisaient pas cette mutation des cimes en machine à fric, d'autres le feraient à leur place. Aucun remords à avoir sur ce plan.

Émile remonta le long du nouveau complexe des Grands Mignes. Partout ce n'était que parkings, fondations d'immeubles percés de galeries marchandes, bowlings, night-clubs, faux restaurants traditionnels, supermarchés longilignes et loueurs de matériel flambant neuf. Ce qu'on appelait les stations villages, c'était le Moyen Âge. On parlait ici de station intégrée – parfaite antiphrase de la relation entre ces constructions et leur environnement –, ou comment proposer le plus de lits possible en ces lieux exigus. Le projet avait déjà bonne forme et l'hiver prochain serait celui du grand boom. On se pressait partout pour terminer dans les temps. Les remonte-pentes pour débutants se reproduisaient comme des lapins. Plus haut, les télésièges venus des États-Unis quadrillaient le domaine skiable et nourrissaient les fantasmes des promoteurs par leur capacité à promener du couillon en nombre. Clou du spectacle, la gare de téléphérique venait d'être achevée. Plus haut encore, les self-services attendaient de dévorer les portefeuilles de futurs skieurs pressés d'en *profiter davantage*.

Émile se gara sur le parking attenant au départ du téléphérique. On procédait à de nombreux tests, aussi les cabines tournaient en continu, s'arrêtaient, repartaient. De la gare rayonnait l'écho des cris des techniciens occupés à régler les derniers détails. On frappait le métal. On soudait. On alignait les guides pour le glissement des cabines le long des plateformes d'embarquement. On ajustait la cadence pour que les enfants puissent grimper à bord en toute sécurité, sans que les investisseurs y perdent trop en conséquence. Tout cela empestait déjà le caoutchouc brûlé, la frite molle et le chocolat en poudre à des kilomètres.

De l'autre côté du parking se dressait le bureau de vente et de développement des Grands Mignes, un bloc en préfabriqué qui n'avait aucune intention de faire de vieux os. Au travers des vitres du premier niveau, on devinait bon nombre de petits espaces de bureaux dans lesquels de petites silhouettes isolées les unes des autres (des femmes essentiellement) tapaient à la machine, téléphonaient, copiaient, faxaient… Émile leva les yeux vers les baies vitrées du deuxième étage et aperçut la silhouette de son frère Léon, debout dans son vaste bureau.

Léon observait la montagne comme une femme de haut rang s'étant offerte moyennant finance. En bras de chemise, veston gris sur mesure, il portait beau, Léon. À mesure qu'il avait construit sa fortune, l'homme avait su se métamorphoser comme par enchantement : son physique de Savoyard, épais et court, s'effaçait aujourd'hui derrière des airs de ministre. Hérédité oblige, il ne dépassait pas le mètre soixante-dix. Et pourtant, où qu'il mette les pieds, sa présence envahissait l'espace. Le dépassant parfois d'une tête ou plus, ses collaborateurs se sentaient aussitôt minuscules à son contact. À l'image des sommets qu'il avait conquis, le promoteur dégageait une élégance sauvage, aussi dangereux qu'attirant. Le regard fixé sur les hauteurs, Léon fumait et faisait tourner une liqueur ambrée dans un verre style Baccarat.

Émile traversa le parking, se faisant l'effet d'un sombre scribouillard en quête d'emploi. Il s'efforça de ne pas baver sur la rutilante carrosserie d'une Facel-Vega Facel II qui occupait la meilleure place, tout juste devant l'entrée du bâtiment. L'automobile et son propriétaire étaient de cette même race supérieure de ceux qui écrasent tout sur leur passage.

Hiver 1984

La montagne a ses légendes. Les plus populaires sont l'abominable homme des neiges et le dahu – cet animal doté de pattes plus courtes d'un côté que de l'autre afin de se déplacer à flanc de montagne. Ce ne sont que balivernes et seuls les petits enfants y croient un temps avant d'en rire. Cependant, comme chez toute population isolée, les petites superstitions ont eu cours durant des siècles dans les vallées alpines. La rudesse du climat, la force des éléments, toutes les précautions qu'implique l'arrivée de l'hiver… Cet ensemble de choses fut un terrain fertile à l'établissement des règles les plus farfelues. Il fallait les suivre pour ne jamais perdre son troupeau ou ses récoltes, pour ne pas voir le lait tourner, pour conjurer les incendies, pour éviter d'enfanter des crétins ou des impotents, pour la bonne tenue des outils, pour que le fer ne rouille pas, pour que l'eau des torrents n'empoisonne point, pour que l'eau claire tombe au bon moment et que les neiges cessent quand il le faut. Autrement dit, pour les populations des vallées, le magique n'existait qu'au service de questions éminemment pragmatiques.

S'il y a bien un phénomène surnaturel dont ces populations n'avaient cure, c'était les spectres. Aux Confins comme ailleurs, on pouvait croire à certains bons ou mauvais génies, mais pas aux fantômes. Comment expliquer alors l'apparition de ce revenant qui, le plus naturellement du monde, poussa la porte du bar de l'Hôtel des Voyageurs ce soir de l'hiver 1984 ?

Il était peut-être vingt et une heures. Derrière le comptoir se tenaient Yvon et Madeleine Braffaz, les propriétaires de l'endroit. Et ils n'étaient pas bien. Mais alors, pas bien du tout. Madeleine venait de raccrocher une nouvelle fois, exaspérée par l'absence de réponse au bout du fil. Son mari essuyait pour la énième fois des verres parfaitement propres. Le couple échangeait des regards inquiets tout en essayant de dissimuler leurs sentiments aux clients présents. Ils s'adressaient la parole de manière tendue à coups de cris chuchotés, comme prêts à s'engueuler pour de bon d'un instant à l'autre.

Ça ne changeait pas tellement de leurs habitudes. Mais ce soir, les raisons de leur tension étaient inédites. Comment se faisait-il qu'aucun alcool ne leur avait été livré ? Ils avaient bien reçu tout le reste, mais ce n'était pas avec des cacahouètes sous vide, du Pampryl, du Cacolac et de la limonade Pschitt qu'ils allaient passer l'hiver ! Trop occupés à constituer d'abondants stocks de bois ou de conserves, ils avaient réagi trop tard. Ce jour de clôture de la route du col était toujours assez éreintant et le couple se pétait le dos du matin au soir. Il fallait prévoir pour la clientèle, et pour eux-mêmes bien sûr. Madeleine s'en voulait à mort, c'est pourquoi elle tentait désespérément de joindre les bureaux du transporteur. Personne ne répondait. Il était trop tard et les téléphones sonnaient dans le vide quelque part dans des entrepôts déserts de la ZAC d'Albertville. Certes, les hôteliers en auraient le cœur net le lendemain… Mais demain c'était trop tard. La route était déjà fermée. La tempête faisait rage et les prévisions à la radio n'en voyaient pas le bout. Ils n'allaient tout de même pas réquisitionner un hélicoptère pour recevoir le précieux stock… C'est pourtant le genre d'idées saugrenues qui leur traversait l'esprit. Il se passait un truc bizarre ce soir. En amoureux fidèles des choses qui se déroulent toujours comme prévu, les Braffaz n'aimaient pas ça.

Yvon, toujours à ses verres propres, ne quittait pas des yeux les quelques bouteilles accrochées tête en bas. Les commandes du début de l'hiver étaient plus conséquentes que toutes les autres. Pour préserver la trésorerie, les Braffaz avaient laissé les stocks se vider et avaient tout misé sur l'ultime ravitaillement. Braffaz avait beau compter et recompter, les volumes restaient ridicules. On aurait dit un mendiant qui ne cesse d'inventorier ses malheureuses pièces dans l'espoir d'en trouver davantage à chaque édition des comptes. Il restait un malheureux fond de Paddy, à peine une moitié de Ballantines, un quart de Zubrowka, la même chose de rhum Negrita et de gin Gordon. On était plus heureux du côté des liqueurs et digestifs. Sur les étagères on trouvait des quantités raisonnables de Williamine, bas-armagnac, vieille prune de Souillac. Les bouteilles d'alcools indigestes étaient presque intactes : Cointreau, Suze, ainsi qu'un obscur schnaps sur lequel la poussière s'accumulait depuis on ne sait quand. Sans même ouvrir les frigos qui se trouvaient sous le bar, Yvon savait très bien ce qu'ils renfermaient, à savoir neuf malheureuses bières en bouteilles, des mauvaises en plus, de la Valstar. Côté vins, deux caisses de mondeuse se battaient en duel à la cave. Le génépi qui remportait toujours un franc succès faisait peine à voir.

Un coup de vent passa sur le crâne chauve d'Yvon et fit frémir Madeleine sous son plaid. À la porte, une grande silhouette venait de pénétrer dans le bar et frappait vigoureusement ses bottes contre le sol. L'étranger ôta l'écharpe qui lui dissimulait le visage et souhaita le bonsoir. Si la plupart des habitués n'y prêtèrent pas immédiatement attention, les tauliers ne pouvaient ignorer l'arrivée d'un nouveau client.

L'homme s'approcha doucement du bar, les mains dans les poches. Ce type, les Braffaz ne l'avaient pas vu depuis bien des années. Et la raison pour laquelle il était tout bonnement impossible qu'il se présente ici ce soir, c'était qu'il était mort en 1966. Pourtant, il se tenait là devant eux, encore plus jeune que tel qu'ils l'avaient connu. Les hôteliers ne purent s'empêcher d'échanger un regard sidéré. Aussitôt, ils se tournèrent à nouveau vers le fantôme de Pierre Roussin, puis échangèrent un nouveau regard par lequel chacun disait à l'autre : Bon sang, c'est son fils. Ça ne peut être que son fils car rappelle-toi, les fantômes n'existent pas.

L'homme commanda un whisky. Un double. Et avant de savourer son Paddy, il se délecta de la contrition avec laquelle Yvon poussa une seconde fois sur le verseur-doseur pour honorer sa demande. L'étranger se contenta de humer son verre sans y toucher. Madeleine tournicotait les fils ondulés du téléphone et Yvon se précipita sur un torchon pour astiquer le bar qui n'en demandait pas tant. Les hôteliers s'enquirent des projets de l'étranger, feignant de ne pas le reconnaître. Après tout, ce n'était peut-être personne, ce type. Ils attendaient qu'il se déclare, ce qu'il fit. Oui, c'était bien le petit du chalet de la Balme qu'ils avaient connu enfant. Par politesse Bruno leur promit qu'ils n'avaient pas pris une ride. Eux louèrent avec pudeur le retour de l'enfant au pays. La voix trouble ils voulurent savoir s'il appréciait la randonnée en peau de phoque, ou le ski de fond autour du lac. En gros, que foutait-il ici, nom de Dieu.

Bruno prit son temps, celui d'une première gorgée généreuse, avant de les informer qu'il était ici pour trouver le calme et écrire un roman. L'écrivain leur révéla son projet, celui d'un livre sur l'histoire de son père que les Braffaz avaient bien connu, semblait-il. Bruno leur adressa un sourire charmant, plein d'espoir même car ils auraient des souvenirs à partager avec lui. Yvon lâcha le demi qu'il venait de se servir, le verre explosa sur le carrelage. Alors le couple se rua au sol pour nettoyer, trop heureux de pouvoir éviter le regard bleu du petit Roussin.

À une table de là, c'en était déjà trop pour Lucien qui avait tout entendu. Lui qui, depuis la rencontre avec Bruno sur le parking de Bourg-Le-Beauregard, n'avait pu contenir une gigantesque crise d'angoisse. Un sentiment qui s'était transformé en panique après l'attente insupportable du transporteur d'alcool. Le vieux chauffeur de car était un émotif. Son peu de raison en faisait une boule de nerfs. Les larmes ou les rires lui venaient si facilement. À présent sa main tremblait sur son demi. C'est tout juste si la bière n'en jaillissait pas comme le lait d'une casserole sur le feu. Une avalanche de souvenirs douloureux remplit son âme aussi étroite que sa nature inoffensive. D'habitude, Lucien avait la mémoire courte et il s'en était accommodé ces dernières décennies. Parfois, l'ombre du repentir de ses mauvaises actions s'avançait à sa fenêtre. Alors la picole remplissait son office et claquait les volets au nez de ses remords.

Quand le petit Roussin lui demanda si la place en face de lui était libre, il crut mourir. Lucien n'eut même pas conscience de ce qu'il trouva à répondre. Seuls quelques balbutiements sortirent de ses lèvres dont il avait perdu le contrôle et ses mains calleuses durent mimer une invitation. Lucien se sentait à des kilomètres de son corps. Il planait quelque part dans les hauteurs de la Balme comme un vieux cerf-volant démantibulé. Le petit Roussin, qui lui rappela son prénom, voulut confirmer son souvenir et lui demanda le sien. Oui, c'était bien Lucien. Ça au moins, Bruno s'en souvenait.

L'écrivain se confia au chauffeur (bien qu'il sache parfaitement que Lucien avait entendu la première édition) et prétendit qu'il était ici pour ses recherches. Il avait quitté Les Confins en 1966 ou 1967 et les souvenirs s'étaient estompés peu à peu. Il espérait donc la coopération des personnes ayant connu ses parents pour lui rappeler quelques détails, des informations sur le mode de vie des Confins à l'époque. Lui, il vivait à Paris, et toute cette futilité lui avait donné l'envie de replonger dans son enfance. Il voulait en faire la chronique et rappeler aux citadins qu'il existait un monde au-delà du boulevard périphérique. Qu'il existait d'autres métiers qu'agent immobilier, journaliste, banquier, avocat.

Mais de quoi ça parlait vraiment, ce bouquin, demanda Lucien.

L'écrivain proposa au vieux chauffeur une tournée supplémentaire. Lucien en profita pour respirer un court instant et se précipita vers le bar pour s'en occuper. Il demanda aux Braffaz une bière pour lui et… ? Un Paddy, double, pour monsieur. Les regards des deux locaux se croisèrent pour constater l'un dans l'autre un océan de désarroi. Lucien savait que Braffaz savait qu'il savait. Ils n'auraient pas suffisamment à picoler pour l'hiver. Et quel hiver ! Qu'avaient-ils fait au bon Dieu pour voir ce jeune et beau diable revenir des enfers ? Savait-il quelque chose ? Savait-il tout ? À les voir face à face tandis que Braffaz servait la tournée, on aurait dit deux chiens effrayés par la certitude que le soleil ne se lèverait plus jamais.

À peine rassis, Lucien but sa bière aussi vite que possible et prétexta que la route l'avait épuisé. Il invita le petit Roussin en laissant quelques pièces sur la table et partit sans la monnaie ni un regard pour le reste du bar. Du reste, aux autres tables, on baissait les yeux également. Une demi-douzaine d'hommes dont on ne voyait que le dos marmonnaient au fond de la salle. Bruno prit le temps de terminer son Paddy, goûtant au silence. Les bûches craquaient dans l'âtre. Il remercia les Braffaz pour leur accueil, et lança le bonsoir à l'assistance, qui grommela comme seule réponse.

Hiver 1984

Au fond de la salle, Bruno avait reconnu le médecin, l'épicier qui jadis louait aussi des skis, le garagiste, quelques fermiers et un ancien gendarme. D'autres hommes avachis et taiseux ne lui rappelaient rien. S'il restait des femmes au village, elles n'avaient pas leurs habitudes ici. Il avait aussi reconnu Émile Empereur. L'ancien maire avait à peine croisé son regard à son arrivée pour ne plus jamais le soutenir.

Dehors la tempête s'était un peu calmée. La neige tombait tout droit comme de généreux morceaux de coton. On pouvait presque entendre l'atterrissage de chacun d'eux dans les masses de poudreuse immaculées. Bruno resserra les écoutilles de tous bords et prit par la ruelle pour rejoindre les champs enneigés. Il n'allait pas rentrer à la Balme tout de suite. Il avait un dernier détail à régler avant de retrouver Corinne.

Printemps 1964

Léon fit attendre son frère aussi longtemps que leur relation l'exigeait. Le promoteur n'était pas très occupé mais il mettait un point d'honneur à entretenir son personnage d'homme indisponible dès qu'il en avait l'occasion. Maintenant que la plupart des chantiers étaient en cours d'achèvement, ce n'était que détails techniques à régler, conflits entre corps de métiers, tel conduit d'aération devait passer avant la pose de la moquette, tel appel d'offres truqué réveillait la gourmandise de restaurateurs avides de situations imprenables. Léon n'avait aujourd'hui plus qu'une fonction d'arbitre et cela l'ennuyait profondément.

Il était arrivé aux Mignes quelques années plus tôt, fort d'avoir conchié le département de l'Isère et ses alentours à coups d'unités d'habitation, de médiathèques triangulaires ou de gares de péage aussi longues que des avions Caravelle. Aux Mignes, il avait vite conquis les terres et les portefeuilles, et à présent, comme après avoir possédé une femme qui s'était offerte trop vite, il contemplait son œuvre de sa fenêtre d'un air mi-dégoûté mi-maussade. Ce matin-là il s'enivrait des fortunes acquises, de celles à venir, et d'un délicieux scotch irlandais plus vieux que lui. Léon se désintéressait très vite des hommes, des femmes, de ses projets. Les secrétaires se succédaient dans son bureau comme dans son lit. Les architectes dont il parvenait à réduire les honoraires grattaient à sa porte comme des groupies affamées de sa substance. Le roi s'ennuyait déjà.

Afin d'humilier son frère aux yeux de tous ses employés, Léon prit près d'une heure et demie pour contempler la maquette de la gare amont du téléphérique, accueillant un self d'altitude qui ne comptait pas moins de quatre cent cinquante couverts. Des spécialités régionales ? Pensez-vous. Beaucoup trop compliqué... On y servirait des spaghettis à la bolognaise tièdes et du chocolat au lait de marque Choky allègrement coupé d'eau, une matière première qui avait comme principal intérêt d'être quasiment gratuite. Tous ces ploucs n'y verraient rien à redire. Ils payeraient leurs notes astronomiques et remonteraient sur leurs skis, poussés dehors par une équipe chargée de débarrasser les tables le plus vite possible.

Là aussi, Léon avait mis en place un système de rétrocommissions abusives sur le chiffre d'affaires du restaurant. Il s'ajouterait aux nombreux intéressements que la Société d'Aménagement du Domaine des Grands Mignes prélevait partout sur le site, plus ou moins légalement. C'était simple : sur le secteur, quiconque bougerait le petit doigt durant les cinquante ans à venir verserait son dû à Léon. Cette pensée lui redonna quelques perspectives pour cette journée qui s'annonçait sans adrénaline. Il fallait finir le boulot et bientôt – il avait déjà son plan et les partenaires adéquats – il s'en irait bétonner les côtes espagnoles postfranquistes qui n'attendaient que ça. Léon conclut de cette courte introspection que la vie était belle, du moins pour lui, ce qui suffisait amplement.

Ses glaçons fondus, il jeta le fond de son verre dans les plantes vertes et pressa l'intercom pour faire entrer Émile. Qu'allait encore lui raconter cet abruti ? Il allait sans doute lui demander de l'argent, encore. Léon se mit en scène à son bureau et riva son regard sur un dossier pris au hasard. Il biffait négligemment des paragraphes entiers, au hasard. Assois-toi, assois-toi, Émile. Je n'en ai que pour une minute. C'était irrésistible d'être un puissant de ce monde. Et ce stylo plume Montblanc possédait un velouté, un tel confort d'écriture, qu'il transformait le simple fait de passer en revue des documents en un moment délicieux. Léon faillit bien prolonger cette comédie davantage si l'ennui ne l'avait poussé à lever les yeux vers Émile. Il en faisait, une tête !

Une gueule de bois aussi remarquable qu'un sapin de Noël au milieu du désert.

Léon écouta sans broncher le récit de son frère qui n'avait pas de véritable talent de conteur. Émile resitua le contexte en évoquant l'apparition de cet étranger qui lui avait tout d'abord chipé le chalet de la Balme. Cette introduction consterna Léon. C'était donc ça dont rêvait son frère ? Une bicoque au soleil ? Et qu'avait-il, lui le brillant Léon, à voir avec ces lamentations de pousse-mégots ? Émile en fit des caisses sur ô combien ce Lyonnais se sentait supérieur à lui, et par extension, à tous les habitants de la vallée du Miroir. L'édile exhibait sa blessure d'orgueil comme une atteinte au pays tout entier… Et ? Léon perdait patience et se dirigea vers le bar pour se servir un nouveau scotch, sans en proposer ne serait-ce qu'une goutte à Émile.

Ce dernier organisa ses pensées comme il le pouvait car il sentait qu'il perdait l'attention de son auditoire. L'effet d'annonce qu'il avait soigneusement préparé fondait comme neige au soleil. Alors il se concentra enfin sur les projets que le Lyonnais avait pour la haute vallée des Confins. Tout d'abord la phase 1, les remonte-pentes, dont un téléski dernière génération poussant sa course jusqu'au crêt du Loup *pour la perspective*. Et puis il y avait aussi le lac, la location de patins, les chalets donnant sur l'eau transformés en gîtes ou en restaurants. Des boutiques, mais pas trop. Juste ce qu'il faut… À l'évocation du lac des Confins, Léon camoufla une vive émotion car enfant, il avait failli s'y noyer. Voulant essayer sa première paire de patins, il s'y était aventuré sans surveillance. À une dizaine de mètres de la grève, la glace avait cédé sous le poids de l'enfant. Mais la perspective du trépas n'était pas le cœur du traumatisme du promoteur. Ce qu'il retenait de cet épisode, c'était l'humiliation qu'il en avait conçue car c'est son petit frère, cet abruti d'Émile, qui l'avait sauvé de la noyade. Aussi, au village, l'aventure avait élevé le cadet au rang d'aîné. On répétait volontiers que sans le petit, le grand serait mort bien bêtement ! À la suite de quoi, durant de nombreuses années, il ne put bouger le petit doigt sans que tous, de ses proches jusqu'aux plus parfaits inconnus, se permettent de le mettre en garde contre quelque malheur à venir. On le prenait pour ce genre d'imprévisible qu'il faut constamment surveiller. Il avait personnifié la maladresse et la stupidité. Pour Émile, ce n'était que bravoure. Il serait juste de dire qu'on trouvait là le moteur de l'homme qu'il était devenu, obsédé par le risque et l'affirmation de sa puissance. Ainsi, replonger par le souvenir dans les eaux froides du lac mettait Léon dans tous ses états. Il fixait maintenant son frère, refrénant l'irrésistible envie de le rouer de coups.

Ravi d'obtenir ce qu'il prit pour davantage d'attention, Émile embraya sur la phase 2 et ce projet d'un hôtel bâti sur le replat de La Bergerie. Une structure au design audacieux, invisible de l'amont, fascinante de l'aval. Cet hôtel serait situé à plus de 2 000 mètres d'altitude en plein domaine skiable, parfaitement intégré à l'environnement de la haute montagne. Il s'agissait d'offrir une expérience unique en France, en Europe sûrement ! Et si tout se passait comme prévu, ce serait un succès total. N'importe quel imbécile (même toi mon pauvre Émile, pensa Léon) pouvait s'en rendre compte.

Léon n'avait pas dit un mot depuis le début de la phase 2 qui avait su capter son attention… Le souvenir du lac avait laissé place à ceux des engagements pris auprès de ses investisseurs. Il leur avait soutiré des sommes délirantes sur la promesse de retours sur investissement tout aussi colossaux. Comme tout acrobate du business, il était riche à millions et pris à la gorge par la même occasion. Et lors de ces nombreuses négociations où il avait forcé tout le monde à voir toujours plus grand, l'absence de concurrence dans la vallée du Miroir était un point crucial. Mais il tenait tout le monde, avait-il prétendu. Tous les maires, tous les élus, le conseil régional, jusqu'à Paris où s'était en premier lieu ourdi le plan neige. Dans la vallée du Miroir, Les Grands Mignes seraient la seule destination possible et ce pour une décennie au moins, il l'avait promis. Or on ne pouvait s'enrichir de la sorte sans se faire quelques ennemis… Il pensait que la menace viendrait de communes encore plus proches de la départementale. En effet, les sites du Fernuy, de Viclaire ou du Planay pouvaient prétendre construire leurs propres installations. Un projet aux Confins, ça, il ne l'avait pas vu venir. Il se trouverait presque soixante kilomètres en aval et capterait forcément une clientèle impatiente, ou simplement incapable de se soustraire à la marche forcée du fonctionnalisme triomphant. Les gens qui avaient un tant soit peu de goût ne monteraient plus jamais aux Mignes.

Plus un son ne filtrait dans le bureau. Le vacarme même des chantiers avoisinants semblait s'être interrompu, comme pour laisser à Léon un moment de réflexion. Émile interpréta ce silence pour du désarroi… Il prit donc les devants. Cela faisait si longtemps qu'il rêvait de se rendre important ! Après tout, il était bien le maire des Confins, l'avait-on oublié ? Les permis de construire passaient par lui. Les concessions, les servitudes, les aménagements, c'était lui. Léon ne devait pas s'inquiéter, ce Pierre Roussin se casserait le nez sur Les Confins et repartirait la queue entre les jambes. Il suffisait de lui refuser toutes les autorisations. Et la quasi-totalité des terres que devraient traverser les remontées mécaniques et les pistes de la phase 1, elle appartenait à qui ? À Émile. C'était du tout cuit.

Léon fit un tour complet dans son fauteuil Knoll et planta son regard dans celui de son petit frère qui avait repris des couleurs, ivre de fierté. Il n'avait décidément aucune vision, aussi Léon lui décrivit la marche à suivre. Une fois de plus. Léon expliqua à Émile qu'il lui fallait accéder aux désirs de ce Roussin. Le maire ouvrit la bouche comme un poisson mort, incapable de comprendre où son frère voulait en venir. Si, Émile. Comme je te dis. Si Pierre Roussin se voyait bloqué d'entrée, il irait voir ailleurs et ce serait pire. Les mairies des villages alentour seraient ravies d'entendre ces beaux projets, et alors tout serait plus compliqué. Il fallait encourager ce visionnaire et le laisser engager tous ses fonds dans la phase 1. La mairie des Confins ferait la promesse de le soutenir, en toute bonne foi. Grâce à leurs terres et en convainquant la poignée de propriétaires des prés hauts, les Empereur lui ouvriraient la route des sommets. Il faudrait ensuite le pousser à faire des investissements simultanés pour engager la phase 2. Il faudrait l'encourager à prendre tous les risques. Et là les Empereur le briseraient, tout simplement. Le plus beau dans tout ça c'est qu'il servirait d'exemple. Et plus jamais personne n'oserait lorgner sur la vallée du Miroir. Le Lyonnais finirait nu dans la neige.

Hiver 1984

Corinne ne dormait pas. Qu'étaient ces bruits étranges qui se mélangeaient à celui de la tempête ? On aurait dit qu'une bande de cinglés s'amusait à déambuler sous les fenêtres du chalet tout en aiguisant des couteaux. Bruno ronflait doucement. Corinne n'avait jamais été dérangée par ce faible ronronnement. Ce n'était rien à côté des morbides mélodies qui descendaient de la montagne. Elle ne se doutait pas que la première nuit serait aussi difficile. Elle regrettait les motos et les sirènes qui rugissaient sous les fenêtres de son studio parisien, et se mit à faire le compte des nuits qui lui restaient à vivre aux Confins. Elle abandonna très vite. La seule véritable question qui méritait d'être posée lui revenait sans arrêt en tête telle une scie : comment en était-elle arrivée là ?

Corinne avait vu le jour non loin de là, à Besançon. C'est dire si les choses avaient bien commencé pour elle. Et c'est dire si elle avait parcouru le monde comme elle l'espérait au départ.

Ses parents, un couple de pharmaciens, l'avaient élevée avec assez d'argent, beaucoup d'amour, mais peu d'autorité… Croyant bien faire, ils avaient laissé Corinne gâcher la première partie de sa vie et ainsi sérieusement compromettre la seconde. Comment ? En l'encourageant à « vivre ses rêves », comme le couple s'en défendait auprès de son entourage. Ce dernier était composé de leurs semblables : une petite bourgeoisie de province classique et rétrograde. Dans cet univers majoritairement autoritaire, on disait à ses enfants quoi faire de sa vie, quel métier exercer (souvent le même que les parents) et qui épouser. On tenait à sa réputation et idéalement, on espérait une embellie financière pour sa lignée. Alors les parents de Corinne faisaient un peu tache dans ce décor. Il n'y avait rien de moderne dans cette démarche comme on pourrait le croire. Ils furent simplement envoûtés par leur Corinne, une si jolie fille à laquelle ils ne surent rien refuser. Une si jolie fille qui allait vite rêver d'une carrière dans le show-biz reposant sur ce qu'elle croyait être son meilleur atout : son physique. Quel dommage pour qui savait son intelligence, c'est-à-dire personne, et elle-même la dernière.

À Besançon, flanqué sur de petites montagnes, trop petites pour être spectaculaires, une brume coule sans cesse comme un sanglot. Parfois, le soleil sauve les meubles, et encore. Ni véritable ville, ni campagne, ni montagne, Besançon ne sait pas bien qui il est. Les restaurants et les volets des maisons y ferment très tôt. Corinne y vécut ses premières années au métronome de la vie de ses parents, ces petits commerçants qui ne s'autorisaient jamais de vacances, trop occupés à mettre de côté pour devenir, au bout du compte, les plus riches du cimetière. Son unique distraction resta longtemps ce passage à la maison de la presse en sortant de l'école. La mère de Corinne y achète les journaux du soir pour son mari, et parfois, Corinne a droit à son *Journal de Mickey*. (Comme tous les enfants, Corinne rêve qu'on lui offre *Pif Gadget*, mais sa mère sait bien que si elle ramène ce torchon communiste à la maison, ce sera une scène avec papa, alors c'est non.) Maintenant que Corinne a douze ans – à présent elle est bien consciente qu'elle s'ennuie à mourir –, un beau jour elle découvre une explosion de couleurs sur les étagères de magazines. Il y a ce nouveau titre qui l'hypnotise. Les couleurs sont criardes et les typographies grasses comme des marques de bonbons. On y voit de jeunes chanteurs qui semble-t-il lui font directement du charme. Personne ne l'a jamais regardée comme ça. Et ce titre. Si exotique, si classe, si parisien, pense-t-elle… *Podium*. Sans même réaliser, Corinne a déjà le magazine en main et elle rougit. Il y a aussi des filles en photo. Mais qui sont-elles ? Elle n'en a jamais vu, des comme ça. Leur vulgarité est si désirable ! A-t-on seulement le droit d'ouvrir une telle revue ? Corinne découvre un nouveau monde, et c'est alors qu'une idée folle jaillit dans sa petite tête : une chose est sûre, un jour elle en sera.

Au même moment, un jeune homme de dix ans de plus qu'elle vit également un tournant de sa vie. Le jeune Guillaume Jeulin hérite de la société de son père, Bertrand Jeulin, fondateur des établissements du même nom, spécialisés dans la création et la diffusion de cartes postales. Guillaume se retrouve à la tête d'un petit empire. La signature Jeulin – en italique, soulignée par la queue du *n* – orne discrètement pas moins de la moitié des cartes postales qui s'achètent en France. La société est installée en périphérie de Besançon, un bâtiment cubique, en tôle, qui abrite de gigantesques machines d'impression, une aire de colisage, les bureaux de la direction et des services de comptabilité, et enfin, un studio de création graphique si on peut le nommer ainsi. Si Jeulin père n'y mettait jamais les pieds, davantage intéressé par les questions comptables, logistiques et de diffusion – principales raisons de son succès par ailleurs –, Jeulin fils s'y intéresse immédiatement.

Rien de très original ne se déroule au service de création. On y achète des photos de paysages de France auxquelles on accole de sobres accroches. Bons baisers d'ici et de là. Souvenirs ou trésors de telle ou telle région. Les patchworks maladroits d'éléments de terroir constituent les plus grandes audaces de la maison Jeulin. Et Guillaume comme tous les jeunes gens rêve de choses nouvelles. En vérité il s'ennuie car les affaires marchent du tonnerre sans qu'il ait à lever le petit doigt. Alors c'est tout naturellement qu'il pousse les portes du service de création et y voit un espace d'expression. Et Guillaume, qui a à peine vingt-cinq ans, s'intéresse alors à une chose. Les filles. De cette unique passion allait naître un coup de génie industriel. La société Jeulin se trouvait à l'aube d'une explosion de son chiffre d'affaires, une croissance folle sur lequel nous reviendrons dans quelques instants.

En centre-ville de Besançon, Corinne rêve donc de célébrité. Chanteuse, danseuse, actrice, mannequin, peu importe. L'essentiel n'est-il pas d'être prise en photo ? Pour quelles raisons, ça, Corinne l'ignore, et c'est secondaire. Et déjà la mode des castings, par l'intermédiaire de *Podium*, se répand comme une traînée de poudre dans tous les collèges et lycées de France. Dans les dernières pages du magazine, entre le courrier des lecteurs et les petites annonces, on recherche des jeunes filles pour faire des photos de mode, de la figuration dans des pubs ou des téléfilms. Corinne a maintenant seize ans et avec son argent de poche, elle ne rate pas un numéro du torchon glacé. Elle les ouvre toujours par la fin pour voir les nouvelles annonces de castings. Mais c'est chaque fois la même chose, ces histoires-là, ça se passe à Paris. Et à chaque nouveau numéro, ses rêves s'envolent et prennent par la même occasion toujours plus de force. Elle pourrait en pleurer, Corinne. C'est si injuste de vivre à Besançon. Elle pleure dans son oreiller tous les soirs et nourrit une rancœur cruelle envers ses parents, qui ne comprennent plus rien à leur fille. Les cours de chant, de danse modern jazz, de théâtre, elle a tout abandonné. Du bout des lèvres, ils lui suggèrent que le plus sage serait d'étudier la pharmacie, ainsi elle pourrait reprendre la boutique et être raisonnablement riche, et à peu de frais. Ah, il faut voir la tête de Corinne dans ces moments-là. Non, Corinne veut être une vedette, poser pour La Redoute puis pour des pubs Courrège, jouer dans des feuilletons, passer à la TV et chanter à la radio, et bien sûr, se retrouver en couverture de *Podium*. Son modèle se nomme Caroline de Monaco. Ah, si seulement ses pauvres parents avaient mieux vu en elle. Car en réalité, Corinne est très intelligente. Mais elle est aussi d'une grande sensibilité. Et comme tous les gens sensibles, elle est trop impressionnable.

Elle avait bien demandé à ses parents de l'emmener à Paris pour passer ces fameux castings. C'était hors de question. Qui donc aurait tenu la boutique ? L'échéance du baccalauréat était une excuse toute trouvée pour temporiser. Passe ton bac d'abord, et après on verra. Combien de parents avaient usé de cette méthode pour gagner un temps précieux, espérant voir les lubies de leurs enfants disparaître avec le temps. Seulement, Corinne n'oubliait pas. Les garçons avaient commencé de lui courir après. Ajoutez à cela la jalousie des filles de son lycée, il lui paraissait évident qu'elle avait quelque chose de spécial. Elle contemplait sa silhouette dans la glace et produisait des moues insensées, remontait sa petite poitrine ronde. Elle s'y voyait déjà. Et une fois son bac en poche, elle se l'était promis, elle monterait à la capitale et deviendrait la star qu'elle devait être. Mais sa chance, si l'on peut la nommer ainsi, arriva plus tôt que prévu...

Tout d'abord elle n'en crut pas ses yeux. Quelques mois avant la fin de son année de terminale, dans le numéro de mars de *Podium*, elle découvrit cette annonce pour une séance de photos à Besançon. C'était impossible, et pourtant, les caractères imprimés en noir sur blanc ne pouvaient mentir. On recherchait des jeunes filles au physique sexy et pleines de caractère, pour une diffusion sur un média national. La formule était aussi floue que pleine de promesses. Rendez-vous était donné la semaine suivante. Elle pouvait s'y rendre en autobus ou à vélo. Quel genre de « média » était-ce ? Peu importait, c'était sa chance. L'esprit enivré par son rêve, Corinne ne se posa aucune des questions qui méritaient qu'elle se pose. Quoi de plus normal. Cette semaine fut un calvaire d'espoir et d'angoisse conjugués. Rien ne pouvait la détourner de pensées obsédantes sur un hypothétique début de carrière. Le soir dans son lit, entre ses draps roses comme dit la chanson, elle écrivait sa success-story selon cet improbable point de départ. Et aussitôt, ne sachant si elle serait à la hauteur, la peur panique de l'échec et de l'humiliation lui intimait de ne rien tenter, donc de ne rien espérer. Dès lors c'est sa rancœur qui se manifestait pour lui redonner du courage. Elle voulait donner tort à ses parents. Elle voulait rendre jalouses à crever ses rivales du lycée, avec leurs regards en coin et leurs coupes à chier. Ah, si seulement elle était prise, sa vie serait transformée du jour au lendemain, pensait-elle. Elle marcherait enfin la tête et les fesses hautes dans les rues minables de Besançon, ville devenue trop petite pour elle et son destin.

Le jour dit, elle ressortit des établissements Jeulin sans bien savoir ce qui venait de se dérouler. Corinne venait de passer deux heures sous hypnose, comme dissociée de sa conscience, de son corps et de ses émotions. Et voici comment les choses s'étaient passées… Arrivée dans une salle d'attente qui devait faire office de salle de réunion en temps normal, elle s'était installée au côté de trois boudins. Une porte s'ouvrit et un jeune homme fringant apparut. Il était d'une taille commune, d'une laideur commune, mais il portait sur lui une telle confiance, un panache incompréhensible. Sa veste orange sur son tee-shirt corail s'inspirait du look de George Michael et de son groupe Wham. Il mâchait un chewing-gum et ne semblait pas avoir de temps à perdre.

Sans un regard pour les boudins, il s'était dirigé vers Corinne et lui avait serré la main. Cool, il s'était présenté par son prénom, Guillaume. C'était sûrement le photographe de mode ! Et il n'avait d'yeux que pour Corinne. Il n'en fallut pas plus pour que cette dernière entre dans une sorte de transe ridicule. Il lui dit simplement : « On y va ? » Et l'instant d'après, Corinne était entre les mains d'une maquilleuse qui l'accueillit dans un réduit – que Guillaume avait présenté comme étant une loge – où se trouvaient un miroir à grosses ampoules et un portant plein de robes chamarrées. Elle y était pour de bon. Et tout allait si vite, c'était improbable. La maquilleuse, la cinquantaine, des lunettes de taupe, fit asseoir Corinne et entreprit de la poudrer. Corinne trouvait ça trop facile mais n'osa pas demander si oui, pour de vrai, elle était prise. La maquillait-on pour un essai ? Que devait-elle faire ? Qu'attendait-on d'elle ? Alors que ces questions se bousculaient dans sa tête, elle se laissait manipuler comme un jouet. Terrifiée par le risque de tout gâcher, elle s'enquit timidement du style de photo qu'on allait faire. C'est pour des vêtements ? demanda-t-elle en jetant un œil sur le portant. Non, non, le sujet, c'était elle, rien qu'elle. Et bravo d'ailleurs.

Corinne se dénuda et on lui maquilla le dos. Elle dut enfiler une de ces culottes fluo qui rentrent dans les fesses et qui remontent très haut sur les hanches. Voyant le visage de la jeune fille se crisper légèrement, la maquilleuse lui assura que tout ça c'était parfaitement normal et lui matifia les fesses. Corinne posa un doigt innocent sur ses lèvres dont la maquilleuse ne s'occupait toujours pas. Anticipant la question, la maquilleuse lui apprit qu'on ne verrait pas son visage, comme une très bonne nouvelle annoncée à une enfant. Une porte s'ouvrit sur un studio de fortune, installé dans le réfectoire dont on avait poussé les tables sur le côté. Guillaume, le photographe, l'accueillit avec un clin d'œil. Avait-elle froid ? Corinne était gelée mais elle lui assura que non. Sa voix sonnait comme celle d'une autre. Un appareil compact sur un trépied faisait face à un fond vert. Et de chaque côté, des projecteurs montés sur ce qui ressemblait à des parapluies. Guillaume guida Corinne au centre de cette étrange scène. Dans l'axe de l'appareil, au sol, un coussin. Guillaume installa la jeune fille à genoux, dos à l'objectif, et lui demanda de se tenir le dos bien droit. Les yeux perdus dans le fond vert, Corinne sentait les regards des quelques types qu'elle avait aperçus avant de tourner le dos. Ils ressemblaient à des représentants de commerce et ne semblaient pas très utiles à la prise de vue. Une demi-heure plus tard, Corinne ressortit de là. En traversant le parking vers l'arrêt de bus, elle avait le tournis. Dans son sac se trouvait une enveloppe contenant deux cent cinquante francs et un contrat signé de sa main, cédant tous ses droits à l'image, en toutes proportions et sur tous les territoires que l'homme avait conquis.

Ce qui nous amène à dévoiler l'idée lumineuse de Guillaume Jeulin. Quelques mois plus tôt, le jeune businessman périphérique découvre une nouvelle tendance de cartes postales qui fait fureur. Partout s'affichent des filles nues, ou presque, qui vantent toutes les destinations avec un mauvais goût plus qu'assumé, le tout surmonté de propositions graveleuses. En effet, une carte postale a pour premier objet de faire la promotion d'un lieu. Aussi, quoi de mieux que la promesse de coups somptueux, la bouche ouverte et les fesses en l'air ? De sept à soixante-dix-sept ans, on se marre devant les racks pivotants et on achète. Comment n'y a-t-il pas pensé lui-même ?! Tout d'abord, Guillaume s'en veut et conçoit simplement de suivre la tendance pour rattraper son retard. Mais fort d'une intelligence toute crapuleuse, le voici qui observe et cherche comment tirer son épingle du jeu. Les photographies sont des mises en scène assez improbables : là, une blonde uniquement chaussée de chaussures de ski se tient dans la neige à 1 500 mètres d'altitude, sa grosse poitrine pleine de crème solaire. Ici, ce sont quatre semi-pin-up prises dans un filet de pêcheur sur le port du Cap d'Agde. Ou encore, une brune délicieuse présente sa croupe dans les lavandes de Provence… Ces prises de vue sont assez coûteuses, il faut payer le photographe, les filles,

les déplacements, les repas, demander des autorisations. Aussi Guillaume réalise qu'il suffit d'un fond vert, de paysages génériques et de quelques fesses anonymes pour couvrir tout le territoire. Le tout pour un coût de production défiant toute concurrence.

C'est ainsi que l'été suivant son baccalauréat, Corinne, qui s'est bien gardée de narrer sa mésaventure à qui que ce soit, découvre son corps livré en pâture aux quatre coins de la France. Ce sont bien ses fesses, là, qui s'étalent de Saint-Raphaël à La Grande-Motte. Comme elle a eu une mention, ses parents lui ont offert de belles vacances. Un calvaire. Elle a bien compris que l'on retrouve maintenant ses fesses devant les lavandes de Provence, devant le village de Gordes, devant la dune du Pilat, devant la baie de Saint-Tropez ou les murailles de Carcassonne, devant la citadelle de Besançon probablement. Corinne met fin à ses vacances plus tôt que prévu et demande à quitter Besançon au plus vite. Ce sera les études de pharmacie, d'accord, mais à Paris.

Sa rencontre avec Bruno n'a rien de romanesque. Ce que l'on peut dire, c'est qu'ils prirent, dès le début, l'habitude d'aller chez lui. Elle avait honte de sa chambre d'étudiante, même si l'appartement de Bruno n'était pas non plus un palace, loin de là. Lors de leurs premiers ébats, elle s'était surprise à se demander si, en voyant ses fesses, Bruno n'avait pas pu avoir un sentiment de déjà-vu.

Très tôt Corinne avait lu le livre de Bruno, tout en essayant de le connaître, lui. Ce n'était pas simple. Malgré tout ce temps qu'ils passaient ensemble, elle n'en savait jamais vraiment plus sur cet homme à la fois flou et transparent. Très vite, elle fut très amoureuse sans trop savoir de quoi, ou de qui. Comme Bruno posait très peu de questions, elle ne se voyait pas lui en poser davantage. Et les réponses de Bruno étaient courtes.

Mais dans ce livre qu'elle avait adoré, il y avait tant de mots. Dans telle histoire, il était question de crimes de sang et de légendes bourguignonnes. Dans telle autre, on suivait de jeunes touristes en Andalousie, sans cesse sur le précipice du triolisme. La meilleure racontait la vengeance d'un petit vendeur de glaces italien manipulé par une touriste allemande diabolique. La femme, plus mature, offrait ses charmes au jeune vendeur et le poussait à tuer son mari pour qu'elle hérite de sa fortune. Et bien des années plus tard, une fois le vendeur de glaces sorti de prison (elle l'avait dénoncé bien sûr), la vieille touriste devenue millionnaire en payait le prix… Corinne fut hypnotisée par tout ce qui pouvait se dessiner derrière les yeux clairs de ce grand échalas devenu presque célèbre, mais bien suffisamment pour Corinne. Cela parachevait la construction d'un personnage aussi insondable qu'irrésistible. Leur relation était passionnelle mais sans débordement, vaguement nouvelle vague. Ils étaient surtout très complices sexuellement. Cet ensemble était totalement nouveau pour eux deux.

Tout éveillée comme une chouette depuis des heures, Corinne ne parvint finalement pas à admettre qu'à l'image de l'endroit où elle se trouvait, elle était totalement paumée. Aussi elle ne pouvait trouver le sommeil parce qu'elle s'escrimait à contourner l'évidence. C'était un travail très intense.

Alors un bruit qu'elle n'avait pas inventé la fit sursauter. Cela provenait de l'intérieur cette fois-ci, aucun doute. Ça ressemblait à des casseroles qui s'entrechoquent. À nouveau le silence, et ça recommença deux fois avant qu'elle se jette sur Bruno pour le réveiller et lui expliquer tout ça très rapidement. En bas on cassa une bouteille. Corinne vit son homme se lever comme un ressort et disparaître de la chambre. Les pas de Bruno résonnèrent très fort tout le long de la galerie de l'étage. Il voulait signifier sa détermination à l'intrus, comme un singe le ferait en frappant un bâton par terre pour intimider un rival. Corinne ressentit cet assaut comme quelque chose de purement animal. Bruno hurla. Qui est là ? Il descendait déjà l'escalier. À la cuisine ce fut un fracas de nouveau. Et Bruno alluma des interrupteurs, ouvrit des portes. Puis le silence se fit complet. Corinne croyait entendre des pas, un chuchotement peut-être, mais elle n'était sûre de rien. Son sang battait si fort dans ses oreilles ! Elle se résolut à crier son nom. Ça va, répondit Bruno.

Dans la cuisine elle le trouva qui nettoyait une bouteille d'huile explosée sur le sol. On avait fouillé le contenu de nombreux placards. Par la fenêtre ouverte, une trace évidente filait en zigzag dans la neige, avant de disparaître dans le brouillard de la tempête. Bruno annonça qu'il n'avait même pas eu le temps de voir l'intrus. C'était complètement absurde comme histoire. Qui pouvait bien, en pleine tempête, rentrer ici pour y vider des placards, sans rien y prendre en plus. Sans parler du bordel sans nom qu'il avait mis. Et cette trace dans la neige ? Elle ressemblait à s'y méprendre à celle laissé par le yéti après qu'il s'était sifflé tout le whisky du capitaine Haddock.

L'épisode avait de quoi être glaçant. Mais contre toute attente, Corinne et Bruno explosèrent de rire. Corinne avait eu peur comme jamais. Quel genre de taré pouvait vivre ici en fin de compte ? Et là, elle riait avec Bruno pour ne surtout pas voir qu'elle n'était pas en sécurité. Le couple préféra considérer la chose comme bizarre et en rangeant ils imaginèrent différentes versions de ce qui venait de se passer, comme pour conjurer le sort. Pour une première nuit c'était réussi. Ils tirèrent les rideaux et firent l'amour sur la petite table de la cuisine. Après cette drôle de menace qui avait surgi dans la nuit, Corinne jouit de peur et d'excitation. Peut-être était-elle venue aux Confins pour se faire peur ? Elle se focalisait sur la sauvagerie qui la pénétrait et sur l'idée d'un risque bien réel. En remontant vers la chambre, elle réalisa qu'elle était maintenant ravie d'être ici. Peu importait ce qu'elle ferait de ses journées, elle était ravie parce qu'elle commençait à prendre peur.

Ils furent réveillés par des cris. Le couple, encore sur le qui-vive suite à cette étrange alerte nocturne, se précipita devant la baie vitrée du grand salon. Sur le versant opposé de la haute vallée, non loin des chalets, se tenait un attroupement. On avait découvert le corps de Lucien. Ses mains étaient noires de gel, toutes recroquevillées autour d'une bouteille dont le contenu l'avait endormi là, au beau milieu de la tempête.

Printemps 1964

Pierre Roussin dut mettre les bouchées doubles. Émile Empereur avait adoubé son projet et une grande réunion se tint au salon de l'Hôtel des Voyageurs.

Il y eut quelques sceptiques, quelques fermiers inquiets du changement, les emmerdeurs habituels, et certains habitants éclairés dont les remarques ne pouvaient qu'améliorer la vision somme toute étrangère qu'avait conçue l'architecte lyonnais. Quand tous comprirent qu'il y aurait du travail pour chacun, la perspective des hivers sans revenus ou presque s'effaça au profit d'une nouvelle ère de prospérité. Les Braffaz étaient ravis car ce n'était pas comme si l'hôtel affichait complet tous les soirs. L'âge d'or de l'établissement, que les parents d'Yvon avaient eu la chance de connaître, remontait aux années trente. Le col de l'Étale jouissait alors d'un trafic conséquent composé de divers commerçants transalpins, de montagnards de tous niveaux venus des quatre coins des Alpes, de contrebandiers moins respectables mais tout aussi bons payeurs. Après guerre, les nouvelles routes modernes avaient préféré d'autres itinéraires, plongeant les hôteliers dans la morosité. Avec ce projet de station, Madeleine et Yvon avaient instantanément repris des couleurs. Côté champs, les droits de servitude n'impactaient en rien le bon déroulement des activités agricoles estivales. Que faisait-on l'hiver de ces étendues enneigées ? La plupart des habitants avaient vu leurs enfants déserter les lieux pour travailler dans la vallée, étudier en plaine, participer aux grands chantiers des stations alentour. Les chambres vides étaient nombreuses et naturellement on pouvait les louer. Le maire se promettait de pourvoir à toutes les autorisations nécessaires. L'installation de quelques lignes de téléski n'était pas un projet délirant après tout. Et aux Confins on se fit la promesse que tout serait prêt pour l'hiver. Du moins l'essentiel.

C'est à compter de ce jour qu'Aline et Pierre ne partagèrent plus un moment de calme ou d'intimité. De leur vie charnelle, on ne pouvait déjà pas dire grand-chose. Alors une fois donné le feu vert, l'énergie de Pierre fut tout entière tournée vers les sommets. Il fallait faire vite et surtout trouver l'argent nécessaire à l'édification des premières infrastructures. Pierre entendait arriver face aux banques fort d'une image irrésistible. Il investit donc de sa poche pour donner à son dossier le plus de perspectives possible. Il fallait réaliser de nombreuses études de sol, de faisabilité, convoquer experts géomètres, ingénieurs en hydraulique pour prévoir l'approvisionnement en eau pour une population plus grande... À Annecy, des graphistes, des rédacteurs et des illustrateurs travaillaient déjà au logo des Confins, aux maquettes des prospectus, à la signalétique, aux scripts de publicités radiophoniques. Pierre Roussin était partout à la fois. On pouvait le voir sur les pentes de la Balme, cartes de l'IGN en main, entouré d'experts. On le voyait chez les Braffaz discutant participation, intéressement au chiffre d'affaires, capacité d'accueil, prix, menus, nuitées, séjours familles nombreuses. On le voyait faire des allers-retours frénétiques au volant de sa Simca dont le coffre débordait de plans, d'études reliées et de propositions commerciales.

Durant tout l'été, Aline l'aida comme elle pouvait. Pierre pouvait compter sur son indéfectible soutien. Elle partageait sa vision et souvent, trop tard dans la nuit, elle se penchait sur ses épaules et lui demandait ce qui n'allait pas. Dispersé par trop de fers au feu, Pierre trouvait chez Aline un regard extérieur qui était en mesure de considérer chaque problème indépendamment. De cette lucidité naissaient souvent d'excellentes solutions. Ils s'aimaient davantage comme les deux partenaires d'une belle affaire que comme deux conjoints. Dans cette entreprise, les missions qui incombaient à Aline étaient la tenue de la maison, la conduite des travaux de cloisonnement qu'on y faisait, et bien sûr les soins de Bruno qui restait un enfant abîmé. Dieu sait où les Roussin trouvaient toute cette énergie.

Alors que leurs deux maris étaient occupés à changer le visage de la haute vallée, Aline et Ludivine se lièrent d'amitié comme la fleur et le bourdon. Tantôt chez l'une, tantôt chez l'autre, elles passaient de nombreuses heures à se porter une assistance mutuelle dans l'intendance. Sur ce point, Ludivine avait de nombreuses choses à apprendre à Aline qui l'écoutait religieusement. En montagne, il fallait tout anticiper. On passait l'été à préparer l'hiver, et vice versa. Ludivine lui présentait les bonnes âmes du village et lui indiquait celles à éviter. De son côté, Aline la citadine (ce qu'elle n'avait été que quelques années car en réalité elle avait été élevée dans l'arrière-pays du Morbihan) fascinait Ludivine et accepta d'endosser le rôle de la coquette. Pour montrer sa reconnaissance à Ludivine pour son aide précieuse, Aline lui offrait quelque foulard ou technique de toilette. Ludivine était belle elle aussi, mais son milieu ne lui avait jamais donné l'occasion de développer ses charmes. Autant qu'elles le purent les deux amies profitaient de la psyché d'Aline pour s'essayer à différents styles. Si les plus jeunes, en ville, osaient maintenant la minijupe, Aline et Ludivine n'en étaient pas là pour autant. Elles avaient passé l'âge des provocations. Mais elles n'hésitaient pas à épouser les tendances de l'époque, sans pour autant heurter les regards conservateurs qu'elles ne manqueraient pas de rencontrer ici. L'imprimé Vichy devint pour Ludivine une signature. Sur les conseils d'Aline, les carreaux bleus ou verts, si vifs, s'accordaient admirablement à son teint naturellement hâlé. Elle portait ce motif de préférence sur des chemisiers cintrés, arborant ainsi une ligne légère et frivole qu'elle eut tout d'abord bien du mal à assumer hors de sa chambre. La Savoyarde structurait ses longs cheveux sous des foulards assortis. Ses longues jambes se révélaient enfin grâce aux pantalons – oui, des pantalons ! – qu'Aline lui avait offerts. Il ne s'agissait pas de tenues de bal, car il fallait que ces ensembles lui permettent de réaliser tous ses travaux quotidiens. Néanmoins Ludivine se découvrait une féminité, une élégance nouvelles. Elle était aux anges de se voir ainsi.

Aline, à la carnation plus blanche et aux cheveux plus sombres, pouvait se permettre d'enfiler des ensembles tailleur-pantalon dès que les circonstances l'y autorisaient. (Un pas que Ludivine n'avait osé franchir.) Ces ensembles étaient en réalité de vieillottes tenues d'alpiniste qu'elle retouchait habilement elle-même, conçues au départ pour des hommes de petite taille, ce que les Savoyards étaient majoritairement. Ses chapeaux d'inspiration tyrolienne en feutre, portés légèrement de côté, comme des bibis, sur un chignon haut, achevaient de rendre sa silhouette aussi étudiée qu'elle était adaptée à l'environnement. Les plumes qui s'élançaient de ses couvre-chefs constituaient une fantaisie empruntée au folklore, et en cela c'était terriblement moderne sans pour autant le crier. Toutes deux s'étaient converties aux lunettes de soleil hors de proportions, mettant ainsi en valeur leurs visages si menus.

Le chic montagnard leur allait comme un gant et leur allure fut de plus en plus remarquable. Elles étaient en quelque sorte les reines des Confins et signifiaient aux yeux de tous les changements qui étaient en cours. Comble de la modernité, Aline conduisait. Confiant parfois Bruno à quelque voisin, les inséparables poussaient jusqu'à Annecy, parfois Lyon, pour aller au cinéma ou faire des emplettes.

Ces abandons étaient un crève-cœur pour le petit Bruno… Il avait en horreur ces journées passées à s'ennuyer chez des inconnus. Une fois sa mère partie, ces occasionnelles nounous le regardaient de travers et ne lui adressaient pas la parole. Elles l'asseyaient devant des ouvrages sans intérêt et ne lui prêtaient plus attention jusqu'au soir. Aussi il comprit assez vite qu'il pouvait se soustraire à leur attention sans qu'ils entament la moindre recherche du petit garçon évaporé.

Ce printemps-là, Bruno ne cessa d'errer dans le labyrinthe des ruelles du hameau ou dans les prés avoisinants. Par prudence, il n'osait s'aventurer trop loin et se contentait de faire le tour des quelques fermes sous l'orée des forêts de mélèzes. C'est ainsi qu'un jour, il découvrit un homme seul en train de débiter du bois. Il reconnaissait cette silhouette. Il l'avait souvent remarquée çà et là dans le village, toujours occupée à porter de lourdes charges sans que personne ne la gratifie d'un regard ou d'un coup de main. D'instinct, il comprit qu'ils avaient quelque chose en commun : le fait d'être invisible aux yeux de tous. Voyant Lucien assigné à toutes les basses besognes sans que personne ne le remercie, le petit Bruno avait fait la découverte de cet étrange sentiment qu'est la compassion. Il avait toujours caressé le désir d'adresser la parole à cet homme solitaire, toujours en nage et qui sentait mauvais. Mais ce n'était jamais le moment…

Aussi ce jour-là, Bruno laissa ses jambes le porter plus près de l'homme et, d'abord à distance raisonnable, il s'installa pour l'observer manier le merlin. Ses gestes étaient à la fois sûrs et brouillons. Bruno se faisait un sang d'encre à chacun des coups que Lucien abattait. Le merlin vacillait, décrivait un grand arc de cercle depuis le sol puis par-dessus l'épaule de l'homme, fendant l'air en une trajectoire flottante… pour invariablement sectionner le bois en son parfait milieu. Au bout d'un certain temps, l'homme fit une pause et s'essuya le front du revers du bras. Remarquant ce petit bonhomme les yeux fixés sur lui, Lucien se figea. Il profita de ce court face-à-face pour souffler un bon coup.

Bruno était à deux doigts de détaler… Il dérangeait, comme d'habitude. Mais avant qu'il ne tourne les talons, Lucien lui tendit le merlin en une silencieuse invitation. Ces deux-là n'eurent besoin d'aucun mot pour se comprendre. Un sourire se dessina sur les lèvres de Bruno qui, les mains dans les poches, rejoignit l'homme et son billot. Lucien leva l'index en l'air, se rendit vers le tas de bûches et revint avec une collection de petites entames. Témoignant d'une aveugle confiance, il plaça le merlin dans les mains du jeune garçon. Bruno n'en revenait pas de bonheur. L'autre surprise, c'était le poids de l'outil. Il se demandait comment un manche si frêle pouvait guider une masse tranchante si lourde. Le déséquilibre avait quelque chose de surnaturel, et rendait l'objet étonnamment maniable, même pour ses petits bras. Sans un mot toujours, à quatre mains, Lucien fit prendre conscience au jeune du principe de balancier qui permettait, sans plus d'effort, d'élever le merlin, de le faire tournoyer et de l'abattre à l'endroit désiré. Collés l'un à l'autre, ils firent quelques essais à blanc. Une fois cet entraînement accompli, Bruno vit Lucien retirer ses mains du manche et faire quelques pas en arrière. L'homme plaça ses mains sur ses hanches, signifiant à son apprenti qu'il ne demandait qu'à voir.

Le premier essai fut le bon. Sans se poser plus de questions, Bruno lança le merlin en arc de cercle. La masse fila au-dessus de sa tête et redescendit pour sectionner la bûche en deux morceaux égaux qui furent projetés à plusieurs mètres l'un de l'autre. Le son produit, puissant, souple, définitif, grisa aussitôt l'enfant. Lucien éclata d'un rire profond qui fit trembler la vallée jusqu'aux névés des sommets.

Les jours suivants, chaque fois que ses parents étaient trop occupés, Bruno se faisait une fête de retrouver ce bonhomme taiseux qui lui portait tant d'attention. Ce que Bruno lui rendait bien. Désirant l'aider autant qu'il le pouvait, l'enfant seul l'assistait maintenant dans ses tâches, même les plus ingrates. Les parquets à poncer. Les terrasses en pierre à récurer. Les montants de fenêtres à réparer. Les foins. Les ordures... Et les jours de loisir de Lucien, qui n'étaient pas nombreux, Bruno le suivait dans de sylvestres marches sur le massif de la Balme. Ce gros homme bourru aimait les fleurs, ce qui eut le don de surprendre Bruno. Mais c'était ainsi. Lucien ne pouvait s'empêcher de cueillir toutes sortes de spécimens de montagne. Il avait une intuition inexplicable et naïve des couleurs, des volumes et des assemblages entre toutes ces variétés dont il ne connaissait même pas le nom. Un Douanier Rousseau de l'ikebana. En redescendant vers le village, au moment de se quitter, il confiait ses créations au petit garçon qui ne manquait pas de les offrir à sa mère. Et les bouquets s'accumulaient dans des verres à moutarde sur les rebords des fenêtres du chalet de la Balme, ou dans de soigneux herbiers.

Un après-midi ils poussèrent jusqu'au crêt du Loup, et au-delà. Tous deux perdirent la notion du temps et se laissèrent hypnotiser par le jour qu'on voyait descendre par-delà la ligne des sommets à l'ouest. Certains soirs d'été comme celui-ci, les étoiles apparaissaient prématurément dans un ciel encore pourpre, puis violet. Le drôle de couple s'assit devant ce spectacle. Et chose exceptionnelle, Lucien se mit à parler à l'enfant. L'homme aimait les étoiles et les connaissait par cœur depuis l'enfance. C'est sa mère qui lui avait transmis tous leurs noms. Lucien étala sa science qui n'était en réalité que de charmantes balivernes. Il entreprit de révéler à Bruno le nom que portaient les constellations. Il y avait là l'Épuisette, que Bruno était en âge de connaître comme la Grande Ourse. Pas une seconde il ne vint à l'idée du garçon de contredire Lucien. Au contraire, il l'encouragea à poursuivre cette adorable cartographie du ciel. Cassiopée devenait le Petit Slalom. La Balance, le Cerf-Volant. Quant au Lion, voilà qu'il devenait la Petite Souris. Dans le ciel de Lucien, on trouvait encore le Tuyaux d'arrosage, la Part de gâteau ou l'Escargot.

Quand enfin ils redescendirent, le village leur tomba dessus en catastrophe. Constatant la disparition de ces deux-là, tous avaient cédé à la panique, contaminant Aline qui ne put s'empêcher de suivre l'humeur générale. Qu'est-ce qu'un si jeune enfant faisait avec un gros bêta comme Lucien ? Et que faisaient-ils ensemble dehors à cette heure-ci ? On le connaissait nigaud mais il était peut-être dangereux ! Qui savait ce qui pouvait lui passer par la tête ? Certaines langues divulguèrent ce qu'ils avaient vu ces derniers jours, à savoir que le petit garçon participait aux corvées de Lucien. Ce fainéant était vraiment incorrigible. Faire travailler un gosse à sa place. Heureusement qu'il ne l'avait pas blessé. Et maintenant qu'il l'avait emmené dans la forêt, en pleine nuit, Dieu sait ce qu'ils y fabriquaient.

Au retour de Bruno et Lucien donc, le village se transforma vite en tribunal. La sentence fut expéditive. Bruno reçut une paire de gifles et fila au lit sans dîner. Aline avait eu très peur et s'était laissé emporter. On avait rabroué Lucien, pour ensuite l'envoyer dans sa masure à coups de pied dans le derrière. Le gros homme et le petit reçurent l'interdiction de se revoir. À l'un comme à l'autre, on leur enleva le seul ami qu'ils avaient jamais eu. Le seul ami qu'ils auraient jamais.

Hiver 1984

Après avoir croisé Bruno au bar, Lucien atteignit son chalet à bout de souffle et se jeta genoux à terre sur le pas de sa porte. Cette réapparition du fils Roussin, ce camion qui n'était jamais venu, cette inquiétude dans les yeux des Braffaz. Et tout ce que cela faisait remonter à la surface. Il n'en pouvait plus d'épuisement. La panique l'étranglait si fort qu'il ne put vomir tout ce que son corps spasmodique lui réclamait. Malgré l'étroitesse de sa bande passante – ou peut-être justement parce qu'il n'avait pas l'imagination nécessaire pour se raconter tant d'histoires – Lucien réalisa une chose terrible. Il se vit tout petit face à des vagues de regrets, d'horreur, de colère, de culpabilité. Des vagues de pure tristesse, et sans une goutte d'alcool ou presque pour s'en protéger. Combien de temps avait-il passé dans cette tempête qu'il essayait d'éteindre à coups de bouteilles ? Il s'y voyait piégé depuis toujours et pour toujours.

Sans le savoir, il avait peut-être déjà pris la décision d'en finir d'une manière ou d'une autre, qui sait.

Sur la table de la cuisine Lucien procéda à l'inventaire. C'était maigre. Il se jeta sur une demi-bouteille de vin rouge dont il fit verre plein. Que savait-il vraiment, ce jeune homme ? Il savait tout, aucun doute. Oh misère. Et peu importe ce qu'il savait… Le drame, c'est que Lucien, lui, savait tout. L'archétype du type qui boit pour oublier. Il avait dit oui une première fois aux Empereur, et depuis il était devenu leur chose, car à chaque nouvelle demande, ils le menaçaient de révéler le méfait précédent. Lucien fut toujours l'homme à tout faire du village, mais il avait fait bien plus. Depuis tant d'années il n'avait pu se confier à personne ici, car nom de Dieu, ils étaient tous dans le coup. Ce tourbillon d'événements qui comptait pour la moitié de sa vie, Lucien le connaissait bien. C'était sa tornade à lui. Elle se levait tous les soirs, terrifiante et sombre comme ces orages entre chien et loup. Pourquoi n'était-il jamais allé tout raconter aux gendarmes de Bourg ? Parce qu'il n'était rien, comme on le lui répétait souvent. Parce que personne ne pourrait croire un imbécile pareil. Parce qu'ils seraient toujours plus forts que lui. Parce que les gendarmes aussi étaient dans le coup ! Arrosant toujours aussi méthodiquement ses pensées, il les voyait à peine se déformer car elles étaient plus fortes que l'ivresse. Le combat ne faisait que commencer.

En l'espace de trois petits quarts d'heure, Lucien avait englouti la totalité de son stock, à l'exception d'un litre de génépi qu'il se gardait en réserve. Sur la table on pouvait compter huit flacons vides et malgré cela il avait toujours les idées incroyablement claires – ou, en l'occurrence, profondément ténébreuses. Il était totalement sidéré par la forme d'indépendance qu'avaient prise ses émotions. Même l'alcool n'y faisait rien et bientôt, le cocktail de peurs et de tant de malheurs musela totalement sa raison. Lucien était techniquement ivre bien sûr, simplement il ne pouvait le voir ni le sentir. Une partie de sa matière grise était comme prise par la glace. Il s'administra le génépi par grosses gorgées, à la bouteille. Il fallait bien qu'elle se fixe quelque part de vivable, cette pensée ! Elle ne cessait de gratter la merde dans tous les recoins. À mesure que Lucien buvait, il se remémorait toujours plus d'horreurs qu'il rêvait d'avoir oubliées. Il essayait aussi de retrouver le souvenir de ces douces journées passées en compagnie de Bruno, la seule personne des Confins qui s'était intéressée à lui pour ce qu'il était.

Mais malgré ses efforts, tout le ramenait à cette nuit d'hiver et à la lumière des phares sur les mélèzes et les sapins. Son souhait le plus cher était d'oublier définitivement cette nuit-là. Malheureusement c'était impossible. Son sommeil était rempli de cauchemars dont les scénarios peu élaborés n'étaient qu'une succession de tableaux-souvenirs. C'était du côté de Viclaire lui semblait-il. À une altitude où les arbres sont encore très hauts. Il se revoyait là, accroupi sur la route enneigée, puis les traces de l'auto qui avait subitement dévié de sa trajectoire. Il avait très mal à l'épaule et à la tempe droites. Le ciel étoilé avait tourné sur lui-même et le sol s'était rapproché subitement de son visage. Lucien se rappelait les traces de l'auto qui disparaissaient dans la nuit du virage.

C'est alors qu'il découvrait en contrebas une voiture qui semblait s'être envolée pour terminer sa course perchée sur les basses branches d'un immense sapin. Lucien voyait la voiture parfaitement de dos. Tous ses phares allumés se reflétaient sur la neige et se répercutaient partout sur l'écorce des troncs de la forêt. La fumée ambiante qui résultait du crash révélait tous ces faisceaux contradictoires. Grâce à cette scénographie féerique (si on omettait ce qui suit justement) Lucien avait compris qu'une branche massive avait traversé l'habitacle depuis le pare-brise jusqu'aux feux arrière. Le jeune Lucien avait vu malgré lui les dégâts sur l'automobiliste dont le corps avait été transpercé par la face et dispersé en son dos. La chair grossièrement sectionnée se mêlait aux fragments de verre et aux joints de caoutchouc déformés. Par endroits on ne distinguait plus le végétal de la mécanique ni de l'humain. Dans le cadre dessiné par le pare-brise arrière se découpait en un contre-jour presque total la silhouette d'un parfait massacre. Ce rêve récurrent n'était rien d'autre qu'un souvenir.

Ces scènes étaient insupportables, aussi Lucien leva le coude aussi haut qu'il le put et finit le génépi d'une traite. Il tentait d'assassiner ce monstre plein de souvenirs tapi tout au fond de ses entrailles. Lucien frappa la bouteille vide sur la table et observa une courte pause solennelle. C'est à cet instant qu'il perdit toute rationalité. Un bouton fut poussé quelque part qui envoya Lucien sur une autre fréquence. Celle de ces soirs dont on ne se rappelle rien. D'un coup d'un seul, il voulut conduire très vite. Mais c'était impossible ! Il rêva alors de quelque bal pouvant lui faire tourner la tête, de la musique au moins, mais rien ni personne n'était prêt pour une telle fête. Que pouvait-il faire pour donner une direction à son attention détraquée ? Boire de nouveau, tout naturellement. Lucien fit quelques pas chancelants à travers la cuisine. Le plafond avait l'air encore plus bas que d'habitude ! Il posa ses mains sur les carreaux froids et pleins de condensation. Il avait chaud. Il flambait littéralement. Ses paumes frottèrent les carreaux et Lucien regarda au-dehors la silhouette du village endormi. Alors l'évidence le frappa : il devait se ravitailler dans les chalets vides.

Il en pleura presque de joie. Était-ce vraiment lui l'auteur de cette brillante trouvaille ? Cette petite expédition s'annonçait particulièrement passionnante et bénéfique. De plus, Lucien connaissait les intérieurs du village comme sa poche. Il avait bricolé, porté, nettoyé pour chaque famille ou presque. Il savait quels chalets étaient vides. Plein d'enthousiasme, mais surtout d'une colère trouvant enfin son lit pour s'écouler, Lucien s'habillait en chantant tant il appréciait déjà la cuite inoubliable qu'il s'apprêtait à s'infliger. Il n'y avait aucune raison que ça se passe mal. Personne ne se rappellerait au printemps les bouteilles laissées ou non, et puis Lucien s'en foutait en réalité. Il était au-delà. Et merde à la fin, ils lui devaient bien ça, tous ces fils de lâches.

Une petite demi-heure plus tard, Lucien titubait dangereusement dans le dédale de chalets des Confins, ouvrant les portes au hasard, ou plutôt celles sur lesquelles il s'appuyait pour éviter de se vautrer. Il avait commencé son raid par trois chalets légèrement excentrés. Le butin (sept ou huit unités diverses) avait été consommé sur place. Lucien intensifia ses frappes en pénétrant dans le cœur du village. D'abord prudent, il avait emprunté les portes arrière, les petits passages, les garages dont il avait le souvenir. Mais il s'emporta très vite car il avait atteint le mur du son de l'ivresse. Il subit d'un coup l'effet du bang et se cogna contre le volume réel de son ébriété. Il se mit à casser des carreaux, dévaster des celliers, pisser des litrons, tout en s'appliquant à boire rageusement tout ce qui lui tombait sous la main.

Hiver 1984

Deux heures plus tard, Lucien se faisait surprendre par Bruno dans sa cuisine. À ce stade, il n'était rien de plus qu'un sanglier fouisseur de liqueurs, tout abandonné au delirium. Il prit ses jambes à son cou par la fenêtre à peine eut-il entendu une voix gronder au-dessus. Il tituba dans la neige en croyant courir aussi vite qu'il le pouvait. Le train de tout l'alcool ingurgité lui passa enfin dessus. Il fit un tour sur lui-même et tout devint flou. Il se sentit perdu et s'effondra dans la neige à une dizaine de mètres à peine du village, à bout de forces. La tempête s'épaissit encore jusqu'au matin. Le vent avait effacé les traces de Lucien et l'avait emporté avec lui dans la nuit.

Deuxième partie

Été 1964

Pour la première fois depuis les combats qui avaient opposé Français et Italiens – ces derniers tentant de passer le col pour faire la jonction avec leurs alliés allemands –, la tranquillité du massif de la Balme fut profondément troublée cet été-là. Habituée à la présence des troupeaux, aux tintements des clarines et aux claquements de langue des fermiers qui passaient non loin d'elle, la faune fut surprise par ce bazar retentissant dans la haute vallée. L'agriculture industrielle et intensive n'avait pas encore atteint ces altitudes. Ignorant jusqu'alors la rumeur incessante des machines, mouflons, bouquetins, chamois et renards, milans, choucas et marmottes, prédateurs et proies sans exception comprirent qu'un tel raffut ne pouvait rien annoncer de bon.

Tout avait commencé tôt le matin par un tremblement de terre, avant les grandes chaleurs, alors que les fleurs de montagne achevaient d'envahir les longs prés de la Balme à coups de pinceaux pointillistes. Ce ne fut pas sans inquiétude qu'un couple de circaètes, assez vieux pour se souvenir des combats, et qui avait pour coutume de planer en ces lieux, put observer une file de camions s'acheminer vers le village. Vus du ciel, les poids lourds ressemblaient à ces colonnes de blindés qui, quelques années auparavant, n'avaient apporté que cris et mitrailles dans la vallée des hommes. Mais cette fois-ci c'était différent. Au lieu de se terrer dans leurs abris ou de détaler à travers champs pour rejoindre la forêt, les hommes du village se réunissaient autour des camions pour accueillir les nouveaux venus. Les saluts étaient amicaux. Les tapes dans le dos, bruyantes. L'écho de leurs éclats de voix se répercutait de part et d'autre des flancs de falaise. Et tout ce métal étincelant qu'on déchargeait et qu'on acheminait sur le versant de la montagne, était-ce de nouvelles armes prêtes à cracher le feu ? C'était trop gros pour être des fusils et trop étroit pour être des armes lourdes, jugèrent les circaètes. Et déjà les hommes unissaient leurs forces pour transporter ces étranges arbres de fer et les planter à égale distance les uns des autres, en ligne droite et en direction du crêt. Il ne semblait pas que les hommes soient prêts à s'entre-tuer. Mais alors que pouvaient-ils bien fabriquer ? Une chose était sûre : quel que soit ce projet, il prenait comme direction le monde animal et son territoire inviolé.

Au ras du sol et en dessous, la population des petits mammifères, des rongeurs et des reptiles, n'y voyait goutte. Ce qui ne les empêcha pas de ressentir que leur monde changeait brusquement. Les allers-retours incessants des poids lourds ébranlaient la terre. Comme de misérables tunneliers de la Somme, les bêtes fuyaient l'effondrement de leurs galeries. Les portées n'en sortaient que très rarement indemnes. Pour ceux qui vivaient au plus près des hommes, la vie devint vite impossible et tous se mirent en quête d'un nouveau territoire plus en amont. Les plus forts ou les plus chanceux trouvaient nouvelle résidence, après d'âpres combats pour les conquérir, mais la plupart mouraient faute d'espace vital. Dans les forêts de sapins et de mélèzes du massif de la Balme, on désertait les bas étages. Et en quelques semaines à peine, on se marchait presque dessus tant la faune s'était concentrée à des altitudes plus élevées. Opérant en lentes spirales, les circaètes voyaient chaque jour leur terrain de chasse se réduire. Les hommes et leurs incompréhensibles loisirs gagnaient toujours plus de territoire à mesure que l'été s'installait.

Il n'y avait plus moyen d'être tranquille. D'un naturel plutôt inquiet, la population animale ne vivait plus qu'au rythme des sursauts de peur. On ne pouvait ni laper l'eau fraîche d'un torrent, ni grignoter des baies sauvages, ni se repaître de proies toutes chaudes sans se faire interrompre par le hurlement du métal scié, découpé, soudé, frappé. Tout l'été, la montagne ne fut qu'un grand raffut. Les chevreuils, les renards, les chats sauvages vivaient un stress permanent. Un nouveau prédateur était en train de faire son apparition. Certes ces espèces connaissaient depuis des siècles l'Homme et sa chasse. Mais ce qui se déroulait aujourd'hui n'avait rien à voir avec ce face-à-face bien connu. Une nouvelle race de bipèdes envahissait l'espace, invisible et omniprésente. Son ombre corrompait la moindre goutte du temps qui s'écoulait désormais dans la terreur. L'homme moderne, même tenu à distance, devenait invivable.

Ils remontèrent encore et s'attaquèrent à la forêt. Ils tracèrent un couloir de mort où rien ne repousserait… pour remplacer les conifères centenaires par de nouveaux modèles faits d'acier. Cela n'avait aucun sens. Et de leur majestueux repaire, niché au plus près des sommets, les circaètes ne pouvaient que constater la catastrophe. Impuissants, ils virent bon nombre de volatiles de plus basse extraction se retrouver sans foyer. Chaque arbre abattu sonnait comme un coup de tonnerre, et ce que les hommes ne pouvaient entendre en raison du vacarme de leurs machines, c'était le bruissement de la fuite de dizaines de milliers de petites bêtes en tout genre. Le travail du métal cassait les oreilles ultrasensibles de la faune alpine, leur ouïe si fine était bombardée par un flux continu de fragments de shrapnels acoustiques. Le vacarme des travaux s'intensifiant résonnait dans la forêt comme la fin d'un monde. Puis ce fut le silence à nouveau. Un silence plein de tension dont aucune bête ne croyait qu'il durerait. Le jour se levait sur un monde nouveau, destructeur et bruyant. Et du loup à l'hermine, de l'aigle royal au coucou gris, de la biche au loup, tous en avaient pris conscience.

Équipé de jumelles, Pierre Roussin observait souvent ce couple de circaètes qui régnait sur la haute vallée des Confins. Les élégants rapaces aux ailes argentées planaient sur leur domaine et surveillaient l'achèvement des travaux, en oiseaux de bon augure croyait-il. L'architecte aimait à les voir comme les véritables maîtres en ces lieux. Dans de courts moments d'égarement mystique dont il était coutumier, Pierre se persuadait que les oiseaux l'avaient accepté en leur royaume et qu'ils étaient ses protecteurs, ses anges gardiens, et que tant qu'ils planeraient sur les Confins, rien ne pourrait se mettre en travers de son chemin. Pierre était exalté par ce qu'il édifiait, par ce nouveau paysage qu'il traçait à coups de téléskis. Si exalté qu'il ne put imaginer que les rapaces lui tournaient autour plutôt comme des vautours, de patients charognards, assurés du destin de l'homme dont ils convoitent la chair.

C'est à contrecœur, mais par souci de réalisme, que Pierre s'était résigné à ce que le tracé du téléski, le plus long des quatre, tranche dans la forêt pour atteindre ce que les anciens appelaient le crêt du Loup. Ainsi, en dépassant ce volume, le téléski déposerait les futurs skieurs à une altitude suffisante pour faire des Confins une station crédible, et cela dès sa première phase de développement. Si l'on passait le crêt on profitait d'une dose supplémentaire de pistes à dévaler, et surtout d'une vue magique, certes sur la haute vallée, mais aussi sur de nouvelles perspectives ouvertes sur les merveilles des vallées adjacentes. De cet endroit on pouvait réaliser des photographies dignes d'être imprimées sur des cartes postales. (À ce titre la société Jeulin l'avait approché, à laquelle il avait concédé l'exclusivité, impressionné par son pouvoir de diffusion sur l'ensemble du territoire.) Les Confins vus de ce replat devenaient un lieu parfaitement enviable et lumineux. Car c'était bien l'objet final de Pierre : convaincre les gens de venir et vendre des forfaits pour ses remontées ! Au terme de ce téléski, il avait trouvé l'image publicitaire de son projet, celle qu'il fallait diffuser de préférence à toutes les autres. Il suffisait de trouver le bon photographe, et cette vue serait placardée sur le grand panneau, en bas, sur la départementale, ainsi que sur toutes les brochures ou publicités de magazines spécialisés.

Il n'avait fallu que deux petits mois à Pierre et ses ouvriers pour ériger les quatre lignes de téléskis… Mais les infrastructures attenantes ne pouvaient convaincre personne. Au village, suite à la grande réunion qui avait eu lieu, les paroles n'avaient pas tellement été suivies d'actions. C'est donc à Pierre qu'incomba la lourde mission d'évangéliser définitivement les âmes. Il fallait des logements. Pour cela, l'Hôtel des Voyageurs serait suffisant, du moins pour l'instant. Ce même hôtel serait la bonne table des Confins, avant d'autres qu'on ne manquerait pas d'ouvrir au bord du lac. C'était le véritable métier du couple Braffaz, ce qui réglait ce point. Il fallait aussi de la restauration rapide, des buvettes en amont et en aval du téléski. Il fallait ce que les Américains appelaient des *snacks*, juste un ou deux pour compléter le tableau. Aussi, il fallait du matériel à louer. Qui pourrait suffisamment investir pour se réinventer de la sorte ? Pour l'ensemble de ces problématiques, Pierre tenait à trouver le maximum de solutions locales. Il fallait que les habitants des Confins eux-mêmes prennent le pouvoir économique sur la station. Il ne savait que trop bien de quelle manière les locaux avaient été traités lors du développement sauvage autorisé par le plan neige. Le massacre était non seulement environnemental, esthétique, mais il était aussi social. Avec quel mépris avait-on traité tous ces paysans, c'était impensable.

Il fallait encourager les fermiers à devenir cuisiniers, les ouvriers agricoles à devenir perchmans, les jeunes débrouillards à devenir skimans. Les désœuvrés ou ceux dont le corps était cassé par les travaux de la ferme, ceux-là seraient très bien derrière les guichets. Pierre réalisa aussi qu'il lui fallait bien écouter les aspirations de chacun. Il avait adapté le vieil adage, et répétait que tout vient à point à qui sait entendre. Il y en aurait pour tout le monde, et malgré les réticences et les maladresses ils y arriveraient tous ensemble. L'automne s'annonçait laborieux car il fallait être prêt pour l'hiver.

Malgré ces problèmes qui restaient à régler, on avait rarement vu aux Confins autant de joie au travail, autant de nouveautés, autant de promesses de prospérité. L'hiver qui approchait avait un tout autre visage que ceux qui l'avaient précédé. Les ouvriers logés chez l'habitant s'amourachaient des filles de la maison. Certains se marièrent et emportèrent avec eux, à la fin des travaux, ces jeunes filles de ferme qui trouvaient là un ticket pour la vallée, ou qui sait, la grande ville et ses raffinements. C'était autant de forces vives qui s'échappaient des Confins. Mais il restait suffisamment de bras et ces départs n'inquiétèrent pas Pierre outre mesure. Il en résultait tout de même que la jeune population des Confins ne se composait quasiment plus qu'exclusivement d'hommes.

La fin de l'été avait épargné les travaux, les orages ayant été peu nombreux la terre restait solide. Les fondations l'étaient également. La douceur des températures allait se prolonger, c'est ce que tout le monde disait. Et dans la lumière du soir, remuant ses glaçons dans un verre de

Famous Grouse qu'il s'administrait à doses homéopathiques, Pierre contemplait son œuvre de la terrasse du chalet de la Balme. Cela ne faisait plus aucun doute, il avait trouvé le paradis, à quelques détails près qui ne l'effrayaient pas. De plus, il avait le sentiment d'avoir gagné le cœur des habitants, qui ne lui rappelaient plus systématiquement l'étranger qu'il serait toujours à leurs yeux.

Mais derrière les sourires ou les visages impassibles, il y avait quelque chose dont les villageois ne lui parlaient pas. Les randonneurs qui logeaient cet été à l'Hôtel des Voyageurs étaient tous revenus de leurs excursions avec le même genre d'histoire. Il y avait un nombre anormalement élevé de bêtes mortes, éventrées, piégées, sectionnées, et ce toujours à proximité des sentiers de randonnée. Au bar de l'Hôtel des Voyageurs, les randonneurs et leurs témoignages se succédaient et s'aggravaient, comme l'état des dépouilles que l'on trouvait sur le massif. On rassurait ces étrangers en chargeant le loup et les renards de tous ces méfaits. Alors ces touristes baissaient les yeux et n'osaient contredire leurs hôtes… Quel genre de loup brisait des pattes, arrachait des yeux, pendait, coupait des oreilles ou éviscérait ses proies sans même y goûter ?

Les randonnées, c'est pour les touristes. C'est bien connu, comme les pêcheurs qui ne se baignent jamais dans la mer, les anciens des Confins ne se baladaient jamais en montagne pour le plaisir. On montait pour une bonne raison, les bêtes, les foins, la chasse… Mais tous ces récits délirants poussèrent les plus curieux et les plus sceptiques à prendre la route des forêts d'altitude, malgré la chaleur, pour en avoir le cœur net. On disait aller aux champignons (sans que ce soit tout à fait la saison), mais on cherchait les supposées horreurs que tous les touristes décrivaient pour attirer l'attention sur eux à l'heure de l'apéro. À les entendre la montagne n'était plus qu'un charnier.

Alors on sut qu'ils disaient vrai. À raison de deux ou trois par semaine, on pouvait trouver ces animaux massacrés aux abords des sentiers. Ces tueries n'étaient l'œuvre d'aucun animal car les tortures infligées étaient bien trop sophistiquées. Et elles s'intensifiaient. Si bien qu'à la fin de l'été, on pouvait trouver rongeurs, oiseaux et petits mammifères, cloués à des troncs comme pour quelque dissection sauvage. Le plus souvent les corps étaient brûlés vifs, figés dans la douleur d'une ardente, hystérique et ultime convulsion. Les plus observateurs trouvaient alentour des allumettes noircies, et de petits flacons d'alcool à brûler.

Hiver 1984

Malgré tout le respect que l'on doit aux morts, il faut bien avouer que Lucien fut enterré comme un chien. Une triste cérémonie dont Corinne et Bruno furent les témoins silencieux depuis l'autre versant de la haute vallée, à travers la baie vitrée du chalet de la Balme. Pourquoi prendre la peine de déplacer le corps ? Il n'y avait pas de cimetière ici, le plus proche se trouvait à Viclaire, loin derrière le mur de neige qui bloquait la route du col. La terre invincible était gelée et toute la volonté du monde n'aurait pu la creuser. Après tout, rien ne permettait une mise en bière honorable.

Le vent était subitement tombé. C'était un de ces jours blancs où la lumière se diffracte sans jamais dévoiler sa source réelle. Un de ces jours où tombe une neige épaisse, une trame insondable rendant l'espace sourd à toute réalité. De la Balme, on put voir six hommes se relayer pour creuser la neige à l'endroit même où Lucien avait claboté. Tandis que l'un travaillait, les autres se tenaient immobiles. Puis la pelle passait d'une main à l'autre comme une lourde responsabilité que ces hommes se refilaient. Bien qu'on ne pût les entendre à cause de la distance et de l'atmosphère asphyxiée, tout indiquait qu'ils n'échangeaient pas un mot. La scène avait quelque chose de surréaliste, or il ne semblait pas pouvoir en être autrement.

Une fois le travail achevé, il suffit de cinq hommes pour placer le corps dans son modeste caveau de glace, le sixième se contentait de regarder. Tout ce qu'il restait de respect au défunt se trouvait en ces gestes. Aussi ils opérèrent avec la plus grande délicatesse. Sans assistance pour les juger, ces hommes devinaient néanmoins d'éventuels regards sur eux à travers les fenêtres du village. Ils ne pouvaient tout de même pas jeter la dépouille de Lucien comme un vulgaire déchet sur un tas d'ordures. Le sixième homme, qui se distinguait des autres par sa grande taille et sa maigreur évidente malgré les nombreuses couches qu'il portait, s'empara d'une croix en bois qu'on avait bricolée avec peu de soin. Ce n'était pas du bois de palette, mais presque.

Jusque-là on avait partagé le travail équitablement mais c'était terminé. Le plus grand, en appui sur la croix comme sur une canne, regardait les cinq autres se relayer avec la pelle pour recouvrir le corps. Pour marquer le coup, ils ajoutèrent assez de neige pour créer un monticule qu'ils tassèrent à coups de pelle et de semelles. Ils savaient pourtant que c'était parfaitement inutile. Ce tumulus dérisoire serait recouvert en quelques minutes seulement. Le manteau neigeux s'empresserait de niveler tout ça pour oublier. Ce qu'à plus d'un égard les hommes ici présents rêvaient de faire aussi facilement.

Cette besogne accomplie, ils se tinrent en rang devant la sépulture, juste le temps qu'il fallut pour rendre à Lucien d'acceptables honneurs. Corinne observait toujours la scène. L'immobilité des personnages présents lui rappela un grand tableau qu'elle avait vu au musée d'Orsay quand elle était étudiante. Était-ce Courbet ? Manet ? Corot ? Elle les confondait, tous ces foutus peintres, et ce malgré les grandes discussions à ce sujet qu'elle avait eues avec Bruno. Ce dont elle se souvenait, c'était ce vaste format figurant de sinistres obsèques silencieuses. Forcément silencieuses, comme le sont toutes les peintures. Bien que les décors différassent radicalement, ainsi que le nombre de personnes réunies autour du défunt, la scène ne cessait de la ramener à cette image qu'elle pensait avoir oubliée, mais qui manifestement l'avait marquée plus que ce qu'elle croyait.

Les six fossoyeurs se mirent à remuer. L'air coupable ils entreprirent de pencher sur un pied, puis sur l'autre. Ils s'impatientaient car il ne fallait pas charrier, ça pinçait là-dehors. Pas un d'eux ne prit la peine de se découvrir. On les vit échanger quelques mots sans jamais sortir leurs mains de leurs poches.

Le plus grand indiqua du menton la grande demeure d'Émile Empereur et aussitôt ils se mirent à marcher en sa direction. À travers les carreaux, Corinne vit le petit groupe se frayer un chemin dans la poudreuse pour rejoindre lentement ce grand chalet qui dominait la haute vallée et qu'on appelait le Ranch.

C'est quand elle prononça quelques mots et que personne ne lui répondit qu'elle réalisa que Bruno avait disparu. Elle ne savait depuis combien de temps. Elle tendit l'oreille et put entendre le claquement des touches du clavier de l'ordinateur, là, au bout du couloir où il avait installé son bureau. Bruno s'était mis au travail. Il faut dire que la scène à laquelle il venait d'assister avait quelque chose d'inspirant. Elle-même comprit qu'il se passait quelque chose en elle, une émotion qu'elle était incapable de définir mais qui, dans le cas de Bruno, semblait être une invitation à mettre des mots sur ce dont ils avaient été les lointains témoins. Corinne se retourna vers la fenêtre et vit le groupe d'hommes s'approcher de ce grand chalet aux dimensions délirantes. Le plus grand ouvrit la porte, frappa ses bottes sur les montants et entra. Les autres l'imitèrent. Avant de refermer la porte, le dernier type promena son regard alentour, avant de se fixer en direction du chalet de la Balme.

Ce petit tour d'horizon sur la haute vallée, où il n'y avait rien à voir, était de manière évidente un alibi maladroit. L'homme n'avait d'yeux que pour le chalet et Corinne qui s'y trouvait. Un frisson parcourut le dos de la jeune femme. Il lui semblait que cet homme la regardait elle, pourtant c'était impossible. Elle fut tentée de se cacher derrière le rideau, mais qu'avait-elle à se reprocher ? Qui plus est, elle savait que, compte tenu des lumières éteintes dans son dos, sa présence ne pouvait en aucun cas se découper comme celle d'un voyeur pris sur le fait. L'homme ne pouvait la voir aussi bien qu'elle le voyait. Que scrutait-il avec autant d'insistance ? Après ces quelques secondes interminables, il se résolut à claquer la porte et disparut pour de bon.

À l'intérieur de la demeure, le plus grand qui se trouvait manifestement chez lui ôta son manteau, le jeta dans un coin. C'était Émile Empereur, bien sûr. Il se dirigea sans détour vers une desserte couverte d'alcools variés. Le niveau des flacons baissait irrémédiablement, ce qui ne l'empêcha pas de s'octroyer un double scotch avant de s'effondrer dans son fauteuil sans jeter un œil à ses collègues. Ces derniers restaient interdits sur le seuil de ce living-room aux proportions fantasques.

La pièce était assez vaste pour accueillir un club de billard français. Le long de chaque mur habillé de pierre grise s'alignaient des canapés en velours vert foncé dans lesquels personne ne s'était installé, semblait-il. Et face à ces assises, autant de tables basses qui ne servaient à rien. Peut-être un temps y avait-on organisé de grandes réceptions ? Il fallait parcourir la longueur d'un terrain de tennis pour atteindre le cœur de la pièce : la cheminée et son salon de fauteuils en cuir. À la grande époque – qu'on avait peine à s'imaginer en ces lieux désormais désolés – le beau monde avait dû y deviser sagement en remuant des brandys brillant des lueurs des flammes. Un foyer dont l'encadrement formait un carré d'environ deux mètres de côté était cerné de ses jambages en pierre massive. Le linteau fait d'une section de poutre séculaire marquait le départ du conduit de la hotte qu'il soutenait. La structure s'élevait tout en s'affinant légèrement pour atteindre le plafond six mètres plus haut. C'est ici, en plein centre de la hotte, que trônait un tableau dont les dimensions n'avaient d'égal que le ridicule.

Encadré trop lourdement, c'était le portrait du propriétaire et de sa femme. Une signature illisible était accompagnée d'une date nous indiquant sa réalisation en 1972, année qui devait être l'apogée de la vie de son sujet. Émile portait plus beau qu'il n'était, assis sur un fauteuil anachronique de style Louis XV. Ses deux mains maigres dégoulinaient avec paresse sur les poignées des accoudoirs. Ce qui choquait immédiatement le spectateur, c'était ce costume trois pièces bleu royal rehaussé d'un foulard jaune canari à la poitrine et dont le pantalon s'achevait sur des chaussures de montagne. Les deux pieds du sujet étaient solidement ancrés au sol. (Le peintre avait suggéré à Émile de croiser les jambes pour *dynamiser la composition*, ce à quoi Émile avait répondu qu'il n'était pas un pédéraste.) Une analyse à l'emporte-pièce aurait conclu que le modèle de chaussures associé à cette posture signifiait qu'Émile voulait proclamer son pragmatisme, l'attachement à ses racines, toute cette histoire de plancher des vaches, et ce malgré le faste de sa réussite. Mais c'était donner au sujet bien plus de pensée qu'il pouvait en avoir. Ces chaussures de montagne n'étaient rien d'autre qu'une faute de goût dont personne n'avait osé relever l'hérésie. Et surtout pas la femme qui se tenait au second plan…

À considérer sa posture, reléguée là derrière, une main timide posée sur le dossier du fauteuil, on aurait plutôt dit une domestique, ce qui, pour ceux qui connaissaient leur relation en ménage, n'était pas si éloigné de la réalité. Elle portait un cardigan vert foncé sur un chemisier saumon, le col pelle à tarte boutonné jusqu'en haut. On devinait aisément que les circonstances l'avaient obligée à s'habiller ainsi, sous les ordres d'un mari dont les talents de styliste auraient traumatisé la plus petite intérimaire de chez Prisunic. Son sourire forcé était d'une tristesse, vous n'avez pas idée. Et si Émile fixait fermement le spectateur, son regard à elle se perdait en oblique à contempler quelque toile d'araignée dans les coins d'une pièce qu'on devinait trop grande à son goût.

Le décor se dérobait à nos yeux dans une pénombre incertaine et, c'était une des réussites indéniables du peintre, le personnage d'Émile prenait la lumière de côté en un jeu de clair-obscur particulièrement réussi. Sa femme n'avait pas cette chance. Un jus gris troublait ses traits et la fondait dans l'ombre de la pièce. La dame nous apparaissait en contre-jour, mais pour qui savait voir il semblait que c'était davantage le fait de sa volonté. Telle une timide comédienne, elle avait pris un pas de recul pour éviter la lumière. Tout indiquait qu'elle ne voulait pas figurer sur ce double portrait. Elle essayait désespérément de s'en retirer comme des honneurs qu'il suggérait. Mais la vérité était encore plus triste. Au moment de la réalisation de ce portrait, elle était déjà morte. Et c'est d'après un cliché flou, en noir et blanc, que le peintre avait été chargé de la ressusciter.

Empruntant aux œuvres de la Renaissance leurs fenêtres ouvertes sur le monde, en arrière-plan se découpait une ouverture donnant sur un paysage de montagne. Poussant la plaisanterie, le peintre n'avait même pas mis de carreau, ni de fenêtre, mais une ouverture cernée d'un côté d'une improbable colonnade et de l'autre, d'un rideau précieux agrémenté de passementerie. Le paysage composite qu'on apercevait au travers était une version fantasmée de la haute vallée des Confins. Il ne serait venu à l'idée de personne d'y intégrer des éléments tels que des lignes de téléskis, un parking, ou l'aérogare des télécabines. Cela aurait tout gâché. Le peintre s'était ouvertement inspiré des mystiques sommets de Friedrich, à tel point qu'il n'était pas impossible que, par paresse et moyennant une technique admirable, il en ait simplement copié tout ou une partie. La montagne se montrait ici au printemps, les vagues de fleurs colorées l'attestaient. Cette palette de vert, de rose et de jaune faisait écho aux motifs dont était habillé le fauteuil Louis XV du premier plan. Fauteuil dont la tapisserie chamarrée présentait des bouquets stylisés de campanules, de feuilles d'acanthe et d'edelweiss. Si cette image ne relevait que du premier degré le plus élémentaire de son commanditaire, on aurait pu parler d'un chef-d'œuvre de kitsch et d'ironie.

Pour les individus qui s'étaient finalement installés aux côtés d'Émile, ce portrait était vachement réussi dans la mesure où il était ressemblant. À l'époque où Émile le leur avait dévoilé, ils s'étaient plus ou moins ouvertement moqués de sa lubie. La photographie était déjà accessible au grand public, alors se faire peindre le portrait comme Charlemagne, c'était grotesque. Mais aussitôt ils furent pris de jalousie. Ils revinrent sur leurs blagues et refrénèrent leur désir d'en avoir un pareil à la maison, ce qui les aurait couverts de ridicule dans cette si petite société qu'ils constituaient entre eux. Une fois de plus Émile avait réussi à les rabaisser et ils ne pouvaient se hisser à sa hauteur sans qu'on devine les fils utiles à cette manœuvre.

Cet après-midi chez Empereur on trouvait Braffaz l'hôtelier, Rochard le garagiste, Collomb le médecin, Creneguy l'épicier qui jadis s'occupait de la location du matériel de ski, et Marmottan, gendarme à la retraite. Pas un d'eux n'avait osé se servir un verre alors qu'ils en mouraient d'envie. Ils lorgnaient sur le maigre bar d'Émile, ce qui les amena, comme pour repousser le véritable sujet qui les réunissait aujourd'hui, à évoquer la pénurie d'alcool qui s'annonçait. Creneguy et Braffaz confirmèrent que de toutes les livraisons pour l'hiver, celle-ci manquait bien à l'appel. D'un air inquiet, tous s'enquirent de la quantité qu'il leur restait en stock, et la réponse des intéressés fut plus qu'évasive. Ça démarrait mal, cette histoire. Déjà la méfiance resurgissait dans le cercle de ces hommes qui n'étaient plus amis depuis longtemps, malgré le fait qu'ils ne se quittaient pas d'une semelle depuis les événements qui les avaient liés à jamais.

Comme pour conjurer son alcoolisme notoire, Marmottan l'ex-gendarme se félicita du fait que le fuel et le bois, eux au moins, étaient bien arrivés jusqu'aux Confins. Il récolta des regards mauvais et se contenta de hausser les épaules comme un type qui vient d'enfoncer une porte grande ouverte et qui aimerait qu'on le félicite. Il exhorta ses amis à faire preuve de bon sens et suggéra même de faire contre mauvaise fortune bon cœur. Marmottan était ainsi : il ne s'exprimait qu'au moyen de lieux communs. Le plus effroyable c'est qu'une fois sur deux, il les utilisait en dépit du bon sens. Aussi on le supplia de la fermer et de ne plus l'ouvrir sans avoir une bonne raison. Un nouveau silence s'installa au sein duquel Rochard le garagiste, inconsciemment porté par ses jambes, fit un rapide aller-retour de son fauteuil à la desserte des alcools et revint s'asseoir avec un verre plein à ras bord. Émile était si préoccupé qu'il ne semblait pas avoir remarqué la manœuvre. Après s'en être assuré, Rochard vida d'un trait la moitié de son gin pur. Les autres le regardèrent faire, morts de jalousie devant son audace. Tous retardaient le moment de crever l'abcès. Naturellement c'est Empereur, officiellement le plus malin de la bande, qui prit la parole.

Il commença par énoncer les faits dont ils étaient sûrs. Et il n'y en avait pas beaucoup. Ce jeune homme qui avait débarqué avec sa belette, c'était bien le petit de la Balme. Comment s'appelait-il déjà ? C'est Marmottan qui leur rappela son prénom, Bruno. Il ne pouvait l'oublier car c'est lui qui, obligé par sa fonction, s'était chargé de placer l'enfant à la suite du décès de ses parents. (Rien qu'à repenser à la tête de ce petit bonhomme qui ne comprenait rien à ce qui lui arrivait, le cœur brutal du gendarme, mais fait comme tous les autres, se tordait de remords.) Il l'avait confié aux services sociaux de Bourg, qui avaient dû à leur tour s'empresser de le refourguer à ceux d'Annecy, et ainsi de suite. Le petit avait disparu dans la nature. Et le voilà qui se pointait pour passer l'hiver ici, mais nom de Dieu, pourquoi ? Braffaz, qui avait eu l'amer privilège d'accueillir Bruno et de lui parler au bar, informa l'assistance de ce qu'il croyait savoir. Alors comme ça le petit était devenu écrivain, et du genre célèbre, en plus ? À ce stade, ils auraient pu croire qu'il ne venait que pour travailler, comme Braffaz l'avait entendu dire…

Mais c'était compter sans la mort de Lucien. Cet abruti de Lucien qui savait tout. Lucien qui avait été la petite main de la plupart de leurs combines. Que s'étaient-ils vraiment dit, ces deux-là ? La mort du chauffeur de car était-elle accidentelle ? Chacun de leur côté, ils imaginaient le pire. Au bar de l'Hôtel des Voyageurs, ils avaient bien vu que Lucien s'était carapaté. Mais le reste de la nuit, il pouvait s'en être passé, des choses. Si ça se trouve, Bruno lui avait soutiré des confidences ? Il n'était pas difficile de le faire parler, Lucien. Il suffisait de déboucher une bouteille et de lui assurer que c'était un bon gars, un chef, un mec en or. Et sous la pression, sous le coup de l'émotion, l'idiot du village avait tout dit. Oh misère. Si on ajoutait à cela ce camion d'alcool qui n'était jamais arrivé aux Confins, sans qu'on sache bien pourquoi,

Empereur et ses copains sentaient bien qu'il se préparait un mauvais coup. Simplement ils n'arrivaient pas encore à relier les points. Leur raison balançait d'une version à l'autre. Un instant ils se croyaient complètement paranos, et l'instant d'après, ils voyaient sur eux les événements se refermer comme un piège implacable.

Subitement chacun s'abandonna à manifester sa panique. À l'exception d'Empereur, on aurait dit une compagnie de louveteaux perdus dans les bois alors que la nuit s'apprête à tomber. Marmottan assura que le petit de la Balme venait pour se venger, qu'il savait tout, et que tous ici présents le méritaient bien car qui sème le vent, vous connaissez la suite. Sans même le réaliser, il s'était levé et se servait un whisky. Tout tremblant il en mit partout, ce qui eut le don d'exaspérer Empereur, et les autres comme s'il s'agissait de leur propre flacon. L'ancien gendarme n'était pas tout à fait un modèle de sang-froid, ça, ses copains le savaient déjà, mais à ce point-là…

D'une nature profondément dépressive, Collomb le médecin arborait cet air miné qu'on lui connaissait depuis la mort de sa femme et de sa fille. Pour l'occasion, le petit homme parvint à rentrer la tête dans les épaules plus que de coutume. Un prodige. Le regard perdu sur les motifs du tapis, il répétait que ça ne sentait pas bon, mais alors pas bon du tout. Il ne trouvait même pas la force de se servir ce verre dont il avait dramatiquement besoin. Il répéta encore une dizaine de fois que ça ne sentait pas bon du tout, puis se laissa aller à fondre en larmes. Des larmes piteuses et contenues. Braffaz portait de gros yeux ronds sur tout ce cirque, incapable de savoir quelle attitude adopter. Ces pauvres types étaient à bout. Et sans connaître les forfaits dont ils s'étaient rendus coupables, on ne pensait qu'à leur faire un gros câlin tant ils faisaient peine à voir.

Excédé par toutes ces jérémiades, Émile Empereur exigea d'abord le silence. Et ensuite, que tout le monde s'écarte illico de ce foutu bar. Ils n'étaient pas là pour le dévaliser mais pour trouver des solutions. Mais encore fallait-il connaître le problème. C'est en substance ce que ses amis lui avaient répondu par leur mutisme. Pour assumer son rang de chef, Émile proclama qu'il savait très bien quoi faire. Il n'en était rien, mais il gagna ainsi quelques secondes pour réfléchir. Et l'idée sortit toute seule, si mystérieusement qu'Émile lui-même peinait à cacher sa surprise. Marmottan avait bien encore des contacts au sein de la gendarmerie de Bourg ? Bien. Dans un premier temps, il allait leur téléphoner et se renseigner sur ce Bruno Roussin. Ils trouveraient peut-être de quoi se rassurer, ou de quoi s'inquiéter légitimement. Et *légalement*, un mot qui faisait tout drôle dans la bouche d'Émile, il fallait bien déclarer le décès de Lucien.

Sur ce, Creneguy l'épicier qui jadis louait les skis, et qui n'avait pas dit un mot ou presque depuis le début de la réunion, se racla la gorge. Il laissa Marmottan faire les quelques pas qui le séparaient du poste de téléphone et prit la parole avant que le gendarme décroche le combiné. Il ne servait à rien d'appeler la gendarmerie de Bourg. Et pourquoi ? s'enquit Empereur. Avait-il une meilleure idée ? Creneguy n'avait pas de meilleure idée, et les idées n'étaient pas son fort, il le savait bien. Ce qu'il savait aussi, c'est que ce matin même, il avait tenté de joindre le transporteur de boissons pour se plaindre du défaut de livraison, qu'il avait bel et bien payée d'avance. À cette occasion, il avait pu constater que les lignes téléphoniques étaient coupées.

Hiver 1964

« Un air pur. Un panorama à couper le souffle. Un paradis de ski… Cet hiver, j'ai choisi Les Confins - Village. Les Confins - Village, c'est si près des commodités, et si loin de tout ce que vous connaissez. Pour vous, les amoureux de nature et d'émotions fortes. Pour vous, les as du ski aux cuisses d'acier. Pour vous, les lève-tard qui rêvent de lézarder au soleil… Chacun trouve son bonheur dans la nouvelle station Les Confins - Village… Les Confins - Village vous accueille. Son hôtel de charme. Ses restaurants. Ses 37 kilomètres de pistes pour skieurs débutants ou chevronnés. Ses randonnées, sa neige immaculée… Les Confins - Village, c'est à moins de 30 kilomètres d'Annecy, mais chut, c'est un secret ! Alors n'attendez plus et soyez les premiers à réserver votre séjour. Renseignements au 50 60 04. Je répète : 50 60 04. Les Confins - Village, à 1 600 mètres d'altitude. Le plus dur, c'est d'en redescendre. »

Pierre Roussin était particulièrement fier de cette réclame radiophonique. (Il avait concédé quelques pieux mensonges, comme ces 37 kilomètres de pistes ou ces restaurants au pluriel, mais personne n'en mourrait.) Une fois de plus l'entrepreneur avait fait preuve d'audace et d'originalité. À l'heure où les publicités sur les ondes se faisaient toutes en chanson, celle consacrée à faire la promotion des Confins tranchait radicalement. À l'époque, les pages de réclame étaient saturées de tagada tsoin tsoin et de slogans à répétition. Les vedettes n'hésitaient pas à prêter leur talent pour vendre de la lessive ou des bouillons Kub. Par exemple, Nino Ferrer et sa voix nasillarde nous exhortaient à laver avec Génie Extra, du linge extra, mais sans bouillir ! Si bien que dans les voitures, les bureaux, les boutiques, les stations-service et les foyers, quand on entendait ce doux monologue qui vous invitait à découvrir Les Confins, on ne pouvait que tendre l'oreille. Au milieu de cette bouillie sonore, la publicité pour Les Confins rendait l'auditeur particulièrement réceptif. Et tout naturellement on notait le numéro de téléphone, au cas où.

Un esprit créatif particulièrement talentueux avait fait cette proposition à Pierre lors de leurs réunions dans une agence de publicité d'Annecy. Ce parti pris radical résultait d'une contrainte budgétaire. Pierre n'avait pas l'argent pour acheter une composition musicale digne de ce nom. Il n'en avait pas le temps non plus. Le créatif d'Annecy avait su tirer parti de ces faiblesses. Et pour couronner le tout, il avait eu cette idée géniale de placer des sons d'ambiance en guise de tapis sonore. Le craquement si caractéristique des pas dans la poudreuse fraîche. Quelques rires de femmes et d'enfants. Le crépitement d'une viande sur le gril. La godille d'un skieur véloce. Et même quelques cloches de vaches, bien que parfaitement *hors saison*. Telle était la subliminale mélodie qui marquait profondément les auditeurs.

Le nom de la station avait fait grand débat. Une question dont le jeune rédacteur de la réclame radiophonique avait malheureusement été écarté. C'était un sujet d'hommes expérimentés. La chasse gardée des cadres fondateurs de l'agence. Ils avaient proposé toutes sortes d'inepties à Pierre. Passablement déprimé – il s'était alors mis à douter de la compétence de son équipe publicitaire – il était revenu à la Balme ces propositions sous le bras pour avoir l'avis d'Aline. Il avait pris le réflexe de consulter son épouse dès que ça coinçait, et même en amont, tant elle était de bon conseil à tous sujets.

Il y avait tout d'abord une série de propositions dites *modernes*. L'attribut « 2000 » très en vogue à l'époque était forcément en tête de liste. Le nom « Les Confins 2000 » évoquait d'abord la promesse d'un confort à la pointe qui se devait d'être inaltérable, ensuite l'altitude élevée de la station et donc son enneigement généreux. C'est tout indiqué !

avaient prétendu les publicitaires. Mais Aline et Pierre décidèrent que ça ne convenait absolument pas. Cette supposée modernité que l'on vantait pour tout et n'importe quoi était à l'exact opposé de la philosophie de l'entrepreneur.

Une autre proposition dont ils étaient très fiers à Annecy, c'était d'appeler ça « Super Confins ». Ça faisait très *performance*. Une station de champions. En découvrant le logo Aline explosa de rire. Ça faisait surtout super con, tout court. Pierre rit à son tour et avoua que ça ne lui avait même pas traversé l'esprit. Il était manifestement fatigué car maintenant qu'Aline avait souligné toute la bêtise de la proposition, il ne voyait plus que ça. Il surenchérit avec ce slogan : Super Confins, la station des cons finis ! Alors, Aline demanda pourquoi diable il fallait absolument inventer un nom. Sur ce point, Pierre s'était rangé à l'expertise de l'agence et l'exposa à sa femme. Les Confins, tout seul, ça faisait quand même un peu bout du monde. On pouvait s'imaginer un endroit dangereux parce que reculé, sans services, sans sauveteurs, sans télévision ! Bref, ça faisait peur. Aline entendit cet argument et resta silencieuse un instant.

Elle reprit la parole pour proposer à Pierre l'appellation « Les Confins - Village ». Les mots sortirent de sa bouche avec un tel naturel que son mari en resta abasourdi. Il réfléchit quelques instants, pas longtemps, et jugea que c'était parfait. C'était exactement l'image qu'il voulait vendre. Quelque chose de vrai et d'honnête, aux antipodes de toutes ces stations supermarchés qui en avaient l'apparence ainsi que le nom. Le mot « village » était en soi rassurant. Dans un village on trouvait tout ce dont on avait besoin. On trouvait refuge. Le village était synonyme d'accueil et de chaleur. De bonne ambiance. tout honnête qu'elle était, Aline admit qu'elle n'avait rien inventé. Elle s'était simplement rappelé des splendides affiches d'avant-guerre qui nous invitaient à Megève et sur lesquelles il était sobrement indiqué Megève - Village. Ce que, soit dit en passant, Megève n'était plus depuis un petit bout de temps. La bétonisation de la montagne s'était produite à une vitesse effrayante en ces années soixante, et Megève faisait partie des nombreuses victimes. Ce n'était qu'une question de temps avant qu'ils en massacrent tout le charme.

Cette décision prise, Pierre put enfin lancer la création graphique et la fabrication de tous les supports. Les affichettes, les prospectus, les grilles tarifaires des remontées, les plans des pistes… et cette fameuse publicité radiophonique qui allait définitivement lancer la station.

Au standard, tenu par Aline et Ludivine, dès la diffusion de la réclame début novembre 1964, le téléphone ne s'arrêta plus de sonner. Pierre avait cassé sa tirelire pour inonder les ondes de la région Rhône-Alpes et de Suisse romande, et ça marchait.

On dut démultiplier les lignes et très vite, Aline et Ludivine apprirent à jongler entre six ou sept postes à percussion. Fin novembre, elles commencèrent à mettre les gens sur liste d'attente ou, comme Ludivine l'avait suggéré, à proposer des séjours pour l'été ou même l'hiver prochain. Pour la femme d'Empereur, c'était follement excitant. Sa vie prenait un tour incroyablement inattendu ! Elle se sentait comme une femme du monde et gagnait même un petit peu d'argent à soi. Mais tout ce travail qu'elle abattait, c'était davantage par amour pour cette nouvelle situation, pour Aline, et il faut bien l'avouer, par amour pour Pierre. Elle peinait à l'admettre, mais cet homme la rendait toute chose. Aussi quand l'ombre d'un fantasme couvrait son sommeil agité, elle le balayait d'un revers d'oreiller et se focalisait sur son amitié sincère envers Aline. Elle n'avait tout simplement pas le droit d'avoir de tels sentiments. C'était mal. Elle combattait sa passion avec vigueur et s'en sortait assez bien.

Creneguy, le fermier devenu loueur de skis, avait dû racheter plus de matériel. Son petit local croulait sous les skis, chaussures et bâtons dernier cri. Les Braffaz s'étaient mis en quatre pour décorer les chambres de l'hôtel, éditer les menus et arranger les salons auprès de la cheminée. Ils avaient même déménagé leurs appartements personnels dans plus petit pour créer davantage de lits dignes d'accueillir tout ce beau monde qui s'annonçait. On formait à tour de bras les gens de ferme au métier de perchman ou de caissier. Ils apprirent à lancer les moteurs des téléskis, à débrayer les perches, à couper le mouvement en cas de chute. C'était de la folie. Et ce premier hiver fut un véritable succès.

Pierre ne cessait de courir aux quatre coins pour éteindre des feux. Les imprévus étaient légion. (On me demande de louer une paire de gants mais je pensais les vendre, qu'est-ce que je fais ? Fait-on des tarifs pour les familles ? Ah oui pardon, c'est inscrit là en bas de la grille. Le petit s'est blessé ! Eh bien portez-le chez le Dr Collomb, c'est pas sorcier !) La frénésie des premières semaines d'exploitation fit perdre aux habitants leurs moyens les plus élémentaires. Mais globalement c'était une réussite. Tout ce petit monde se rodait avec autant de frousse que d'enthousiasme. Et les espèces, les billets, les chèques, les francs français ou suisses donnaient le sourire à tout le monde. De mémoire d'homme, on n'avait jamais vu autant d'argent couler dans la haute vallée.

Quant au petit Bruno, ses parents avaient cessé de s'inquiéter pour lui. Tout au long de l'été précédant l'ouverture de la station, le garçon avait retrouvé ses couleurs. Son souffle sonnait bien. Et comble du bonheur, il développait un délicieux talent pour le dessin. Pierre et Aline le voyaient partir chaque matin, carton à dessin et autre matériel nécessaire emprunté à son père sous le bras. Le médecin les avait bien conseillés. L'air de la montagne avait produit son effet. L'enfant était hors de danger et avait retrouvé tous ses droits sur son corps. Il restait un petit être taiseux mais savait s'exprimer par le dessin. Et chaque soir il revenait de ses excursions, le carton plein de paysages, de croquis de chalets d'alpage ou d'études de petits animaux. Maintenant qu'il ne perdait plus son temps avec Lucien, le petit Bruno avait su utiliser ses mains vers des voies plus nobles. Et quel œil il avait, ce n'était pas croyable.

Ivres de fierté et débarrassés de toute culpabilité car ils avaient comme on le sait tant à faire, Pierre et Aline affichaient ses œuvres les plus remarquables, classaient soigneusement les autres. Les parents rêvaient déjà pour leur enfant d'études aux beaux-arts de Grenoble, ou de Paris, pourquoi pas !

Hiver 1984

En quelques jours à peine, Corinne perdit tout contact avec Bruno. Ce dernier s'était mis à travailler exclusivement de nuit, et fatalement, dormait le jour. Avare de mots en temps normal, l'écrivain s'était contenté de quelques bribes d'explication à Corinne. Il était entré en *phase de rédaction*. Cet autisme aussi radical que temporaire ne durerait qu'un temps et il fallait bien en passer par là. Et après tout, il était ici pour ça, et jamais il ne lui avait menti à ce sujet. Cet énoncé fait, il prononça chaque jour moins de paroles. Qui ne devinrent plus que des bruits de bouche. Le couple ne se croisait qu'occasionnellement, et c'est tout juste si Bruno levait les yeux vers Corinne lorsqu'il la bousculait au détour d'un couloir ou à la sortie de la salle de bains. Il s'était totalement coupé du monde – un monde qui, c'est vrai, se résumait aujourd'hui à une centaine de mètres carrés entourés d'un mur de silence. Après tout il faisait bien, pensa Corinne avec cette indulgence maladive qui la caractérisait.

Sans mauvais jeu de mots, d'emblée la mort de Lucien avait refroidi l'ambiance. Sans bien savoir pourquoi, Corinne comprenait que le décès du vieux chauffeur de car avait précipité les choses. Restait à savoir quelles étaient ces choses, et dans quelle direction elles se précipitaient exactement. Depuis le drame et cette cérémonie d'enterrement qui s'était déroulée sur l'autre versant du village, Corinne avait pu voir Bruno changer si rapidement… Son front s'était figé en un plissement perpétuel. Elle ne parvenait plus à capter son regard, comme s'il était continuellement perdu dans d'impossibles calculs mentaux. Elle eut même parfois l'impression que le regard de Bruno la transperçait littéralement. Elle en vint à se demander si elle existait encore. Avait-elle seulement existé un jour ? Et les villes et les individus qu'elle avait laissés derrière elle, tenaient-ils encore debout ? Si Bruno ne remarquait plus sa présence, y avait-il quelque part une âme pour se souvenir de l'existence même de Corinne ? C'est le genre de questions que son cerveau ressassait tout naturellement. C'était absolument terrifiant d'en arriver là aussi vite.

La peur de Corinne, aussi diffuse et impénétrable que les conditions météo qui entouraient le chalet de la Balme, laissa vite place à l'ennui le plus total. Pour se convaincre qu'elle avait encore une enveloppe charnelle capable d'arrêter le regard d'autres mammifères, Corinne avait conçu l'idée de se rendre au bar du village. Alors qu'un matin le vent était tombé, profitant de cette accalmie, Corinne entreprit de découvrir l'Hôtel des Voyageurs. Il était un peu tôt pour boire, mais existait-il encore ici une seule règle valable ? Aux Confins le soleil ne brillait plus, la neige ne cessait de tomber, le monde civilisé et ses pinaillages semblaient si loin. Alors trop tôt ou pas, Corinne s'était décidée à saisir cette occasion de sortir de son trou. Bruno l'avait mise en garde contre le piège de la tempête de neige : le chalet étant isolé du hameau, si l'on sortait par mauvais temps, même de jour, on pouvait se perdre, tourner en rond, et mourir gelé en quelques minutes, à quelques pas seulement de l'abri qui aurait pu vous sauver. Corinne avait d'abord pensé que Bruno exagérait. Puis ce pauvre chauffeur de car était mort, à une dizaine de mètres du chalet le plus proche. Elle l'avait bien vu. C'était la première fois qu'elle voyait un cadavre, de loin certes, mais quand même. L'immobilité parfaite du corps de Lucien l'avait profondément troublée. Le bassin légèrement vissé de côté tel un Playmobil en culbuto, les épaules remontées, un torse pétrifié en une position d'impossible repos, c'est tout ce qu'elle avait pu voir à cette distance. Elle n'osait croire que ce même corps fût animé quelques heures plus tôt.

C'est avec cette image en tête que Corinne prit la route du bar. Ce matin on y voyait correctement. La brume s'étendait en un plafond et coupait les massifs en deux. L'épaisse trame des flocons laissait pourtant voir tout le hameau, depuis la délirante demeure d'Empereur en amont jusqu'à l'embouchure de l'étroit défilé menant au col de l'Étale. De temps à autre, une éclaircie tentait une percée pour disparaître aussitôt et n'être qu'un lointain souvenir. Le tracé des téléskis fantômes sonnait comme autant d'invitations vers l'au-delà. Cela prit vingt bonnes minutes à Corinne pour se tracer un chemin dans la poudreuse et rejoindre le village.

Il n'y avait qu'à la télévision que les Braffaz avaient vu pareille fille, lors des pages de publicité ou dans les émissions de Sabatier. Corinne reçut leurs regards estomaqués et regretta aussitôt de s'être un tant soit peu apprêtée. La dame derrière le comptoir ne fit rien pour cacher son hostilité. Elle observait le spécimen comme on juge une prostituée. Corinne n'eut pas le courage de tourner les talons immédiatement. Elle s'assit à la première table qui se présenta et commanda un verre de vin blanc. Celui-ci arriva tiède des mains glacées de madame qui s'empressa d'attraper un balai pour nettoyer le sol, de préférence entre les jambes de Corinne. Néanmoins la jeune femme mit un point d'honneur à avaler cet apéritif imbuvable, non pas par fierté mais plutôt par politesse. Et quatre minutes plus tard, elle était déjà dehors. Sa tentative de mondanité était un véritable fiasco. Et maintenant il fallait remonter à la maison. Elle profita du sillon qu'elle avait tracé à l'aller, aussi le retour se fit en un quart d'heure. La neige était si épaisse, et ses jambes si fines.

Dans le sas d'entrée du chalet de la Balme, alors que Corinne se déchaussait, un pied en l'air elle chancela et heurta de l'épaule un mur couvert d'un rideau. Le son produit l'interpella. Ce n'était pas celui d'un mur mais plutôt d'une porte. Elle écarta le lourd tissu et en effet, devant elle se trouvait l'entrée d'une pièce jusqu'alors inexplorée. À leur arrivée, Bruno lui avait fait faire le tour du propriétaire mais cette pièce était passée à l'as. Corinne saisit la poignée et la tourna prudemment.

D'abord le noir, et le froid. Pour une raison mystérieuse cet endroit ne bénéficiait pas des efforts fournis par la chaudière. Corinne tâtonna et trouva un interrupteur, qu'elle poussa pour découvrir une pièce tout en longueur, large comme deux couloirs de logements HLM, tout au plus. Sur sa gauche se trouvait une petite fenêtre sous laquelle s'étalait un grand bureau très élégant, aux montants en bois sombre soutenant un plateau de verre cerné de métal mat. La chaise au design typique des années soixante, en tissu orange, semblait confortable et ses roulettes permettaient de naviguer sur toute la largeur du bureau. Corinne alluma une lampe à dessin et devina que rien ne devait avoir bougé depuis des années. On trouvait là une grande règle métallique de cinquante centimètres. Une deuxième règle plus complexe, offrant un profil triangulaire et dont l'usage lui était inconnu. Huit Rotring Rapidograph impeccablement alignés selon l'épaisseur de leurs mines, de 0,1 à 1 millimètre. Dans un pot à crayons, une gamme complète de crayons de bois Derwent, du plus gras au plus sec. Quelques gabarits en plastique jaune permettaient de tracer sans calcul toutes sortes de formes géométriques, mais aussi des chiffres et des lettres en caractères d'imprimerie. Corinne comprit qu'elle avait découvert le bureau du père de Bruno, l'architecte dont il parlait si peu.

Elle saisit la poignée de la fenêtre et après deux ou trois tentatives, elle parvint à l'ouvrir et poussa les lourds volets. Cela fait, la lumière pénétra et révéla aux yeux de Corinne le mur du fond qui était composé de classements multiples. La minutie qui émanait de cet endroit avait quelque chose de fascinant, et de rassurant aussi. Ici tout était sous contrôle, en ordre, et le bon. Corinne trouvait ici un refuge. Malgré le froid et l'odeur de renfermé assez repoussante, elle se sentit extrêmement bien dans ce bureau, à l'abri du chaos extérieur.

Dans le mur de rangement on trouvait toute sorte de papiers, calques, millimétrés, de couleur, lisses, à grain, car sur chaque tiroir, une petite étiquette indiquait ce qu'on était censé y trouver.

Cette signalétique réalisée au Rotring de la main de Pierre Roussin était graphiquement sublime. L'écriture révélait un homme tout à la fois strict, élégant, artistique et rigoureux. Un amoureux du détail et du travail bien fait avec, au détour d'une courbe ou de la jambe d'une lettre, une pointe de fantaisie ou disons plutôt de liberté. Cela n'avait rien à voir avec les pattes de mouche un peu débiles de Bruno qu'elle avait pu découvrir sur ses carnets ou ses listes de courses. (Elle s'était d'ailleurs demandé comment un type qui écrivait si mal pouvait écrire si bien.)

Sans trop savoir quoi en faire, Corinne saisit quelques feuilles blanches et s'installa au bureau de Pierre. Voilà, elle allait dessiner. Il faut dire qu'enfant, elle avait un certain talent en ce domaine, mais, comme tous les autres cours que lui avaient offerts ses parents, elle avait laissé tomber. Corinne avait parfois épaté quelques amis en dessinant leur maison de vacances ou leurs enfants, mais rien de sérieux n'avait suivi. Sa fascination pour les stars de *Podium* et la détestation de ses parents lui avaient pris bien trop de temps. Mais ici aux Confins, que pouvait-elle bien faire d'autre ? Cela faisait presque une semaine – ou peut-être deux, ou neuf, à vrai dire elle avait perdu la notion du temps – qu'elle était enfermée dans ce chalet. Auparavant, Corinne avait contemplé la bibliothèque du salon en se fixant l'objectif présomptueux de tout lire. Mais après quelques pages de Frison-Roche ou de ses imitateurs, elle avait renoncé. C'était d'un ennui mortel, cette littérature d'alpinistes. On ne comprenait jamais rien à l'espace, à l'ordre des individus dans la cordée et à leurs supposées responsabilités. On ne comprenait rien à toute cette géographie imbitable faite d'ubac, d'adret, de combes, de goulets, de cirques et de défilés. Autant lire le mode d'emploi d'une centrale nucléaire en allemand, cela revenait au même.

Dessiner, d'accord, mais quoi ? Corinne releva le regard et dut se rendre à l'évidence qu'il n'y avait rien à dessiner là-dehors. C'était tout blanc. Pas une forme n'accrochait l'œil. Pas une seule fois elle ne songea à se munir d'un miroir pour réaliser son autoportrait. En cela on pouvait conclure à son manque total de réel narcissisme. Restaient les outils de Pierre disposés sur le bureau. Dessiner un Rotring avec un Rotring, un Derwent avec un Derwent, il y avait là comme une blague graphique dont Corinne eut l'intuition… Mais tout cela s'annonçait bien pénible et barbant, encore une fois. Et c'était justement ce qu'elle voulait éviter. La lampe à dessin était belle et aurait fait un sujet digne d'intérêt, mais Corinne s'arrêta sur la fonction de l'objet et ne put le considérer pour sa forme.

C'est alors que, comme lors d'un coup de fil qui s'éternise, elle entreprit machinalement de copier le motif des nervures du lambris de bois brut dont la pièce entière était habillée. Sous la fenêtre courait une planche qu'elle prit comme modèle. Au fil du trait, ses pensées se fixèrent essentiellement sur celui-ci. Plus rien n'existait. Son esprit d'habitude si dispersé fit silence. Elle atteignit rapidement une sorte de plénitude, un état d'autohypnose sobrement extatique. Déjà la première feuille était remplie du motif du bois et c'est quand la mine du Rotring 0,5 rencontra la surface vitrée du bureau que Corinne réalisa qu'il lui fallait se munir d'un nouveau support.

Lors d'une séance chez un psychanalyste quelques années plus tôt, quand elle dissimulait à ses parents l'abandon de ses études de pharmacie et qu'elle errait dans Paris sans but aucun, Corinne avait lâché qu'elle avait le sentiment de devenir folle. Plus précisément, elle confia à l'analyste qu'elle se demandait régulièrement si elle était en train de devenir folle. Le psy en question lui avait offert une réponse remarquable : si elle se posait cette question, c'était bien la preuve qu'elle n'était pas folle. Et ce soir aux Confins, en traçant des nervures de bois sur le dernier feuillet d'une entière ramette de papier A4, Corinne ne se posait plus cette question. Elle ne s'en posait plus aucune.

Il ne fallut pas plus d'une dizaine de jours à Corinne pour épuiser le stock de papier présent dans les étagères et les tiroirs du bureau de Pierre. Bruno ne s'était pas une seule fois enquis de son état, ou même de sa présence. Dans tous les coins de la pièce s'empilait son délire graphique. En cherchant sa matière première, elle avait ouvert les larges tiroirs sur roulettes qui abritaient les plans de Pierre. Il y avait des plans de profil, d'autres vus du ciel. À l'aide des gabarits l'architecte y avait tracé les intitulés, parfaitement centrés dans de petites cases en bas à droite. L'un d'eux portait le titre « AÉROGARE DE BALME – DÉPART ». Corinne y reconnut la carcasse qui trônait en haut du village. Les autres plans étaient intitulés « HÔTEL PANORAMA – SECTEUR BERGERIE », et Corinne ne sut à quoi il correspondait car le seul hôtel qu'elle avait vu dans les environs était celui du village, une grosse bâtisse traditionnelle qui n'avait rien à voir avec le tracé de l'architecte disparu. Elle avait hésité un instant à recouvrir aussi l'envers de ces plans de nervures de bois, mais ne s'y était pas résolue.

Un matin qu'elle fouillait encore à la recherche de papier – elle ne pouvait concevoir un seul jour sans l'occuper à tracer ces motifs monomaniaques –, Corinne fit la découverte d'une boîte qui ressemblait fort à un vanity-case, mais en plus gros. Le cube habillé de cuir noir surmonté d'une petite poignée ne s'ouvrait qu'au moyen d'une serrure. Corinne se rendit à la cuisine et en revint équipée d'un couteau. La serrure ne résista pas longtemps. La boîte renfermait de petits dossiers en papier kraft rangés verticalement, et dans chaque dossier se trouvaient de courts manuscrits d'une vingtaine de pages environ.

Corinne en prit un au hasard et s'installa au bureau pour en faire la lecture. Tout d'abord elle se demanda à l'aide de quel genre de machine ces textes avaient été tapés. On ne reconnaissait pas les caractères et les charges d'encre caractéristiques d'une machine à écrire traditionnelle. Ce n'était pas non plus le produit de ces machines électroniques qui se vendaient beaucoup depuis le début des années quatre-vingt. Les caractères étaient bleutés, comme fondus dans la masse du papier. Ce devait être le fruit d'une technologie de transition, ce genre d'outils qui ne durent pas longtemps, faute d'utilisateurs ou d'investissements pour s'imposer au monde malgré l'ingéniosité du procédé. N'étant pas spécialiste en ce domaine, elle ne put deviner que les documents étaient des duplicatas ronéotypés.

Elle connaissait ce texte sans le connaître. C'est comme si un petit malin était venu changer deux ou trois détails pour jouer avec sa raison. Mais sans se l'avouer en premier lieu, elle sut immédiatement ce qu'elle tenait entre les mains… Elle saisit un autre dossier et s'empressa de parcourir un nouveau manuscrit, puis un autre, puis un autre. Dans le vanity-case se trouvaient toutes les nouvelles du recueil de Bruno, ce travail qui l'avait rendu célèbre. Celui-là même qui l'avait rendue amoureuse de lui. Seuls de petits détails différaient : un prénom, un modèle de voiture plus récent, un télégramme devenu coup de fil, une compagnie d'avion désuète remplacée par une autre plus actuelle… Et bien sûr, le nom de l'auteur de ces lignes. Car en bas de page de tous ces écrits on trouvait ces coordonnées : Pierre Roussin – 54 cours Bayard – 69002 Lyon – Tél. : 78 16 32

Dans le tout dernier dossier kraft étaient soigneusement rangées une douzaine de lettres de refus émises par des maisons d'édition à l'attention de Pierre. Ces lettres ne contenaient que des formules types, toutes semblables à la virgule près, ou presque.

Été 1964

Il nous faut maintenant revenir à cet été de l'année 1964. Et plus précisément à ce jour du mois d'août où Bruno fut confié à Ginette et André – les paysans n'avaient donc pas de nom de famille ? Personne ne les employait, si bien qu'on pouvait douter que les intéressés eux-mêmes s'en souviennent.

Ils installèrent le petit bonhomme auprès du poste de radio car tout indiquait qu'il y resterait bien sagement. Après ce qui s'était passé avec Lucien, le petit avait compris la leçon. Aussi l'affliction dont il se remettait doucement l'avait rendu d'apparence apathique et d'aucuns se demandaient parfois s'il n'était pas un peu demeuré lui aussi. Seul Lucien savait alors vraiment les balades ou les travaux dont il était capable. Cet après-midi, comme tous ceux du printemps passé, Bruno aurait rejoint l'homme s'il en avait eu l'autorisation. Ce qui aurait pu éviter la catastrophe à venir… Car en ce jour radieux de juillet, Bruno allait faire seul l'expérience de la mort.

Il quitta le poste de radio (on y parlait d'une sonde américaine ayant réalisé des photos de la surface de la lune dont un jour on foulerait le sol et tout ce charabia ne correspondait à aucune réalité pour le petit homme) et sortit de la ferme en évitant la cour intérieure où travaillait le couple censé le surveiller. Par le cellier, une petite porte donnait sur un grand pré plein de fleurs sauvages. Bruno s'avança dans les hautes herbes et fut émerveillé par les mouvements de vie révélés par chacun de ses pas. Fuyant la progression du jeune garçon, des sauterelles en pagaille lui ouvraient la voie et il se prit à imaginer qu'il en était le maître. Il s'éloigna encore de quelques dizaines de mètres, remonta la pente et fut brutalement saisi par l'inconfort de la situation. Tout à coup le cagnard était insupportable, une sensation d'urticaire envahissait ses fines jambes. Il ne portait qu'une courte culotte en velours sur laquelle s'étaient accrochés de bien étranges végétaux, sortes de bouloches collantes qui tenaient aussi bien que du Velcro. Sa respiration se trouvait empêchée par un trop-plein de spores en tout genre. Son petit corps n'était pas fait pour cet environnement, et c'est en courant – lacérant ses chevilles à travers le coupant des hautes herbes – qu'il redescendit près de la ferme.

Il se colla le long d'un mur. La fraîcheur de l'ombre lui fit un bien fou. Il ressentait comme une couche de suie de bois sur son visage qu'il s'empressa de rincer dans l'eau glacée d'un abreuvoir. Maintenant qu'il dégoulinait, à l'ombre il faisait trop froid. N'y avait-il rien entre les deux, pas un coin de douceur dans toute cette montagne ? Le jeune garçon eut cette simple pensée : c'était beau ici mais c'était *dur*. Il déambula au cul de la ferme, attrapant çà et là des bâtons, les faisant tinter sur des écuelles rouillées. Partout traînaient des fragments d'outils agricoles cassés (étaient-ils vraiment cassés ?) dont l'utilité restait une énigme. Il les saisissait et voyait comment ils s'articulaient… À défaut d'élucider leurs mystères, il creusait la terre, frappait le sol ou jetait ces objets au loin. Jamais il ne parvenait à percer la logique de leur fonctionnement. Les travaux concrets en compagnie de Lucien lui étaient aujourd'hui interdits. Ce monde inerte n'avait non plus rien à voir avec ce qu'il connaissait du travail de son père… Son bureau ne lui avait donné à voir que tés impeccables, crayons minutieusement taillés, stylos Rotring de 0,1 à 0,9 millimètres, rouleaux de calques où s'enchevêtraient de minuscules formes savantes qui toutes associées dessinaient des maisons, et tant de détails microscopiques qu'on peinait même à les deviner. Ici aux Confins, ce n'était que bidets fendus d'où partaient des tuyaux d'arrosage qui ne menaient nulle part, socs démontés et lames de faux voilées. Tout n'était que rouille et débris inutiles.

C'est alors qu'il dépassa l'angle de la ferme et découvrit des cages à lapins empilées dans une contre-allée. La plupart des neuf compartiments étaient vides à l'exception de deux. Dans le premier, deux lapins immobiles, en boule. À l'approche du jeune garçon, ils s'agitèrent un peu, mais pas au point de livrer un spectacle captivant. Ils étaient mignons, voilà tout, pensa Bruno. Puis il se pencha sur l'autre compartiment et mit un certain temps à comprendre que ce qui ressemblait à un tas de chaussettes pliées au fond d'un tiroir n'était autre qu'une portée de lapereaux. Blottis les uns contre les autres, ils n'avaient même pas les yeux ouverts. Leur timide duvet brillait d'une humidité incertaine. On ne pouvait deviner s'ils étaient mouillés ou non, ce qui amena Bruno à vouloir absolument les toucher. Il ouvrit la cage sans la moindre protestation de la mère qui semblait dormir contre la paroi du fond. Bruno caressa doucement le bébé lapin le plus clair et constata qu'il n'avait jamais touché chose aussi douce. Les miniatures le fascinaient en général, comme tous les enfants, et il décida qu'il lui fallait à tout prix ce lapereau. Qu'en ferait-il vraiment ? Il s'imaginait avoir ce compagnon constamment dans sa poche, il pourrait le caresser à l'envi, peu importe ! Il le lui fallait, un point c'est tout. Ce lapereau, il ne l'avait pas encore, mais il n'avait que ça. À partir de là, Bruno fut pris dans un bien étrange engrenage auquel son âge de raison ne put rien empêcher. Il était sur le point de prendre une succession de décisions qu'il ne comprendrait jamais véritablement.

Il saisit le lapereau et s'enfuit à travers champs pour l'avoir rien que pour lui. Il remonta le cours d'un ruisseau de montagne, le long duquel la végétation s'épaississait et, à l'ombre d'un arbre, au bord de l'eau, il s'assit sur une grosse pierre ronde et sortit le lapereau de sa poche. La petite bête au creux de sa main était irrésistible. De petits sons aigus presque inaudibles en sortaient, auxquels Bruno répondait pour entamer le dialogue avec cette nouvelle compagnie. Et comment tu t'appelles, toi ?

Il compta tout d'abord le ramener chez lui. Mais c'était impossible. Sa mère lui demanderait d'où il venait. Bruno ne pourrait prétendre à autre chose que le vol dont il s'était rendu coupable. Qui trouvait des lapereaux abandonnés comme ça ? Personne. Il était assez grand pour le comprendre. Il fallait donc le ramener là où il l'avait trouvé, il fallait être sage. Bruno se leva et fit quelques pas hors de l'ombre avant d'aussitôt revenir à son point de départ. Et si on le surprenait en train de le replacer dans sa cage ? Il devrait avouer le larcin et en subir les conséquences sans même l'ombre d'un profit à toute cette histoire. C'était pourtant la seule chose à faire, mais il lui manquait le courage de remettre les pieds sur les lieux du crime. Peur de se faire pincer. Peur d'avoir honte. Une peur panique de décevoir ses parents. Peut-être cesseraient-ils définitivement de l'aimer ?

Totalement désemparé, Bruno rassembla tout le courage dont il était capable et se résolut à prendre le risque de restituer le lapereau. Une fois de plus, il fit quelques pas sous le soleil, s'arrêta, et revint à sa place. Non, il ne pouvait pas le replacer car il l'avait touché, mis dans sa poche, caressé, embrassé… Et ne disait-on pas qu'une mère abandonne ses petits si elle n'en reconnaît plus l'odeur ? Mais oui, la maîtresse l'avait dit.

Bruno pensa d'abord l'abandonner, tout simplement. Mais par un obscur mouvement d'honneur, il se l'interdit, c'était pire que tout. Au contraire il devait prendre ses responsabilités et le tuer de ses propres mains. C'était en cet instant la seule issue logique. Il avait volé, et considérant le retour du lapereau comme impossible, il allait à présent le supprimer. Mais comment ? Bruno se rappela un sacrifice de chatons qu'un camarade de classe lui avait raconté. Le père de l'enfant en question avait placé l'indésirable portée dans un sac et avait frappé un grand coup contre un mur.

Il retira une de ses chaussettes et plaça le lapereau à l'intérieur. La petite forme bougeait à peine. Alors Bruno frappa la chaussette de toutes ses forces contre la grosse pierre ronde. Comme un coup de hache très rapide, de bas en haut. Ce fut un échec manifeste, car à présent la petite forme se contorsionnait dans tous les sens. On devinait l'agitation frénétique de ses petites pattes qui pointaient à travers l'étoffe. Et ces râles, stridents… Aussi Bruno frappa à nouveau aussi fort qu'il put, cette fois-ci cinq ou six fois d'affilée, sans meilleur résultat. La pauvre bête gigotait de plus belle. La souplesse de sa jeune constitution lui accordait un intolérable répit.

N'importe qui se serait horrifié d'un tel spectacle. Mais ce ne fut pas le cas de Bruno. Entre lui et lui-même s'était tendu un voile opaque. Tout ce qu'il voulait c'était finir le boulot. Certes, il y avait quelque part en lui un enfant apeuré qui voulait empêcher ces tortures. Mais une autre partie de lui, plus puissante, venait de faire son apparition et avait saisi d'invisibles commandes. Il faut bien dire qu'on n'avait jamais vu lapereau aussi résistant. La petite bête s'accrochait à la vie comme à toutes les mailles de son linceul.

Sa fin fut plus cruelle encore. Il y eut d'abord l'eau, mais alors c'est la chaussette qui le protégeait de la noyade. Puis le feu. Car enfin, Bruno se décida à rejoindre la Balme. Pour cela il entreprit un grand contournement par les champs d'herbes hautes. C'était interminable et le lapereau ne cessait de se tortiller d'agonie. Chez lui, la vieille porte extérieure de la cave n'était jamais fermée. C'était à peine une planche gondée sans véritable poignée. Il l'avait bien vu, comme cet alcool à brûler dans la cave, et il avait bien compris comment cela fonctionnait. C'était simple. Bruno parvint à achever l'animal, une opération qui dura encore de nombreuses minutes. À mesure que le lapereau perdait lentement la vie, une part essentielle de l'esprit de Bruno partit en fumée.

Hiver 1984

Le trépas de Lucien était arrivé si vite. Bruno ne l'avait pas vu venir. Premier soir : un mort. Et pas des moindres. Cela ne pouvait être un hasard. Il avait à peine titillé le chauffeur de car au bar de l'Hôtel des Voyageurs, et voilà que le sous-fifre de ses véritables ennemis avait tiré sa révérence le soir même. Lucien s'était-il foutu en l'air ? Possible, compte tenu de la culpabilité qui rongeait ce simple d'esprit. Mais peut-être l'avaient-ils buté ? Ces types étaient prêts à tout, Bruno le savait bien. Alarmés par la fébrilité de Lucien suite à l'apparition de Bruno, Empereur et les autres avaient-ils pris peur ? Et s'ils étaient capables d'éliminer Lucien aussi promptement, que feraient-ils de lui et de Corinne ? Quoi qu'il en soit, dès cette première victime, Bruno eut la conviction qu'ils savaient qu'il savait et que la guerre était déclarée aux Confins. Ça n'avait pas traîné. Et ce pas de géant vers le chaos et la mort – la sienne peut-être – l'avait mis en transe. Tous étaient enfermés dans l'arène et il fallait manifestement frapper le premier, vite et fort. Le point de non-retour avait été franchi en moins de quarante-huit heures.

Bruno s'enfermait dans son bureau tous les soirs. Corinne ne l'intéressait plus du tout et faire un effort de façade à son endroit ne lui effleurait même pas l'esprit. Son sort, à Corinne, il n'en avait cure. Et chaque soir, les semaines suivantes, il chaussait ses après-ski et s'équipait pour passer la nuit dehors... La mort de Lucien, quelle qu'en soit la cause, ne lui gâcherait pas le plaisir d'une torture en bonne et due forme. Peut-être ses ennemis attendaient-ils de lui qu'il se pointe sous leurs fenêtres en les invitant au duel. Il n'en était pas question. Bruno avait attendu ce moment depuis si longtemps. Il voulait les voir devenir fous, s'arracher les cheveux, se morfondre de honte, chialer de peur... et idéalement qu'ils se donnent la mort, ne supportant plus ce qu'était devenue leur existence. Et pour cela – Bruno était un être infect mais très créatif –, il avait beaucoup d'idées. Alors chaque soir il verrouillait la porte de son bureau, ouvrait sa fenêtre et sortait discrètement dans la nuit. Tel un spectre vengeur il descendait vers le village pour y semer la panique.

Après l'enterrement de Lucien, Rochard le garagiste, Braffaz l'hôtelier, Collomb le médecin, Creneguy l'épicier et Marmottan l'ex-gendarme, s'étaient tous réunis chez Émile Empereur. Et ils n'en menaient pas large.

Les jours et les semaines qui suivirent les éprouvèrent davantage. Ils trouvaient le sommeil grâce à de massives doses d'alcool, épuisant leurs réserves d'autant plus vite. Quand l'un d'eux se pointait chez l'autre pour prendre des nouvelles ou emprunter un outil parfaitement inutile, on devinait alors que le visiteur était à sec. Après quelques détours maladroits il finissait par demander un petit verre pour la route. Alors l'hôte mentait à son tour et prétendait avoir lui aussi tout épuisé. Le premier dans ce cas fut Émile. Ses tourments l'avaient fait boire bien plus vite que ses amis. De plus, le sort semblait s'acharner sur lui. Et au fur et à mesure, il n'eut plus de doute sur ce qui se passait chez lui dès qu'il s'assoupissait malgré lui.

Cela avait commencé par de petits détails irritants. Un matin ses chaussons disparurent du pied de son lit. Il les chercha partout dans cette maison beaucoup trop grande pour un seul homme. Et chaque jour c'était une nouvelle découverte. Les meubles changeaient de place. Le réfrigérateur se trouvait subitement vide de toutes provisions qu'il devait alors remplacer chez l'épicier. L'eau de sa piscine intérieure était conchiée de détritus et comble de l'horreur, de dizaines de bouteilles vides qu'il n'avait même pas bues ! Il y avait de tout, whisky, gin, rhum, prune… En raison de la température de la piscine poussée à fond – le bassin était chauffé, standing oblige –, l'eau tournait et l'atmosphère saturée de chlore et de moisi était à vomir. Puis ce fut le tour de ses voitures qu'il retrouva un matin saccagées, les carrosseries saturées de rayures comme si Jackson Pollock lui-même s'en était occupé. Les pneus étaient crevés, et sur tous les pare-brise, on trouvait une carte de visite qui indiquait « Garage Rochard ».

Émile Empereur se refusait à dormir ne serait-ce qu'une seconde. Il errait continuellement dans sa maison en sursautant au moindre bruit dont il imaginait le plus souvent l'existence. N'étant pas surhumain, il finissait par s'écrouler d'épuisement et se réveillait des heures plus tard en sursaut pour découvrir de nouvelles traces du monstre qui lui rendait la vie impossible. N'osant en parler à personne, il ne se doutait pas que ses amis vivaient sensiblement le même genre d'aventures. Dans tous les foyers des Confins, et particulièrement dans les grands et beaux chalets que possédaient ses complices, on retrouvait les bouteilles de lait coupées à la pisse, les photos encadrées avec les visages découpés, les postes de radio hurlant à plein volume au milieu de la nuit. Comble de l'ironie, ces hommes au bord de la folie retrouvaient partout chez eux des bouteilles vides qu'ils rêvaient de descendre pour supporter ce cauchemar.

Après quelques semaines, on passa à des choses plus sérieuses. Les vitres étaient brisées. Les cuves de fuel étaient percées et le précieux liquide se répandait sur le sol, alors on brûlait tous les bois et bientôt les meubles pour ne pas mourir de froid.

À ce stade, Bruno n'avait que faire de trier le bon grain de l'ivraie. À ses yeux, le village tout entier était responsable de ce qui était arrivé à ses parents et en cela il n'avait pas tout à fait tort. La bande de zigotos que l'on connaît était la principale cible, mais les quelques habitants qui restaient aux Confins – autant d'individus dont il n'est pas utile de faire le portrait – avaient péché par lâcheté. Car tous savaient.

Un autre jour, au réveil Émile découvrit le couvert mis à la cuisine. Pour deux personnes. Il y avait là ce service à thé qu'il n'utilisait jamais et qu'il n'avait jamais utilisé depuis la mort de Ludivine. C'est Aline Roussin qui le leur avait offert. Sur le dossier de la chaise était posé un chandail de sa femme défunte. Dans cette jolie tasse, le thé qu'on venait de servir fumait encore. Une colère folle l'emporta et l'ancien maire se mit à détruire lui-même à la hache ce qu'il restait de son foyer, avant de se blesser et de s'endormir.

Le jour suivant, l'ancien maire rouvrit les yeux dans un des canapés en velours de son salon démesuré. De sa main ouverte il s'était écoulé beaucoup de sang. Une odeur de mort le fit sortir de sa torpeur.

Tous les canapés qu'on trouvait dans son immense salon, il y en avait une dizaine, étaient lacérés et couverts d'excréments. Émile Empereur ne put s'empêcher de vomir et comme il n'avait rien avalé depuis plusieurs jours, les spasmes le retournèrent comme un gant. Gisant dans sa bile il fondit en larmes. Et quand il eut la force de redresser la tête, ses yeux tombèrent sur le double portrait de lui et Ludivine qui trônait sur la hotte de la cheminée. Seulement, le portrait ne s'y trouvait plus. À sa place était apparu un grand monochrome bleu foncé. Qu'est-ce que c'était encore que ça ? Émile réunit toutes ses forces pour se remettre sur pied et s'approcha de l'étrange tableau. En s'essuyant les yeux il put découvrir que ce n'était pas un monochrome bleu foncé. Il y avait plein de très fines lignes blanches qui dessinaient des formes géométriques. Émile comprit qu'il s'agissait d'un plan d'architecture. Le plan d'un projet qu'il connaissait si bien qu'il lui était inutile de lire le petit encadré en bas à droite : « HÔTEL PANORAMA – SECTEUR BERGERIE – Pierre Roussin DPLG ».

Et cette nuit-là le chalet d'Empereur fut le premier à prendre feu.

Printemps 1965

La puissante limousine de Léon Empereur remontait la vallée du Miroir à toute berzingue. Déchirant la route départementale 909 en direction des Grands Mignes, où il devait se rendre pour relever les compteurs et casser quelques ambitions dissidentes, il s'approchait de l'intersection avec la D132 qui menait aux Confins. À la vue du panneau qui invitait à bifurquer vers le projet de ce nigaud de Pierre Roussin, il ralentit et s'arrêta sur le bas-côté, juste au pied de la publicité. Il alluma une cigarette et contempla le paysage. Comparé à la Costa Brava où il avait commencé à officier, quel pays de merde c'était. Il n'en revenait pas d'y être retourné pour affaires après sa fortune faite dans les plaines. Jamais il n'aurait remis les pieds dans ce pays de gougnafiers si le gouvernement français ne l'en avait supplié, passe-droits, magouilles, expropriations abusives et valises bien garnies à l'appui. Il fallait aller vite, avaient-ils décrété. Il fallait à tout prix rattraper les Suisses et les Autrichiens dans ce nouveau business des sports d'hiver et on lui en avait donné tous les moyens. Pourrir Les Confins restait sa petite affaire personnelle. Comme tous les gourmands, Léon en voulait toujours plus.

Il découvrit la création publicitaire de Pierre et dut bien avouer que le Lyonnais avait du talent. Ce n'était pas du bricolage, son affaire. *Les Confins-Village*… Ça c'était malin. Pour ce qui se passait là-haut, le récit de son frère Émile lui suffisait. Et comme tout le monde dans la région, au volant de sa voiture il avait découvert les réclames radiophoniques. Une telle affluence la première année ! Vraiment, ce type l'impressionnait. Le foutre en l'air serait d'autant plus jouissif. Qui donc s'excite à pêcher des poissons rouges ? Personne et surtout pas lui. Léon s'approcha du grand *billboard* comme disaient les Américains, il ouvrit sa braguette et entreprit de se soulager au pied du panneau.

Sur ses instructions, Émile avait encouragé le père Roussin à engager sans tarder la phase 2 de son projet. Grisé par sa réussite, le Lyonnais s'était jeté dans la gueule du loup. La simultanéité de tous ces investissements était une des conditions préalables à la ruine qu'on lui réservait. Léon Empereur avait vu passer le permis de construire concernant l'aérogare des télécabines et avait tiré les bonnes ficelles pour qu'il se retrouve en haut de la pile. Voyant les autorisations lui parvenir si vite, Pierre ne pouvait que croire en sa bonne étoile et sa confiance en l'administration française était inébranlable. Sous de multiples faux nez Léon avait même apporté les capitaux nécessaires à la construction de l'aérogare… C'était proprement diabolique. Pour la gare d'arrivée en amont et l'hôtel du secteur de La Bergerie, ce serait une autre histoire. Le Lyonnais tomberait de si haut qu'il ne s'en remettrait jamais.

À ce moment précis, trois semi-remorques dépassèrent le capitaliste pressé et sa surpuissante Facel II. (Dans son *Manifeste du futurisme*, l'écrivain italien Filippo Tommaso Marinetti avait dit vrai : l'automobile rugissante était plus belle que la *Victoire* de Samothrace.) Les poids lourds enclenchèrent de concert leurs feux clignotants et s'engagèrent sur la route des Confins. Léon savait mieux que personne ce qu'ils contenaient : seize télécabines biplaces flambant neuves sorties des ateliers de l'entreprise suisse allemande Muller. C'était un petit modèle de cabine absolument charmant, arborant un original coloris *Pastellblau* comme l'avaient nommé ses créateurs germanophones. Sa forme ovoïde donnerait d'ailleurs l'expression populaire d'œufs pour décrire toutes les télécabines, quelles que soient leurs formes.

Léon les connaissait parfaitement, ces œufs, il les avait écartés de ses marchés car un modèle biplace, en termes de volume, c'était ridicule. Lui imaginait plutôt ses clients monter par centaines, d'où le téléphérique des Grands Mignes. Aussi il n'était pas question qu'il donne un sou à ces Boches, ou à ces Suisses allemands, c'était pareil. Ses amis bien français avaient été privilégiés, moyennant de beaux dessous-de-table, plus d'improbables caprices dont Léon était coutumier. (Pour lui ouvrir quelques tronçons de téléskis, Léon s'était permis d'obliger l'entreprise Poma à lui offrir d'indécentes vacances dans un lupanar aussi chic que confidentiel, qui se nommait Le Poulailler et qu'on trouvait dans les environs de Manigod.)

L'entreprise de démolition de Léon entrait elle aussi dans une nouvelle phase, et pour ce faire il pourrait compter sur sa petite équipe. Son frère était tout acquis à sa cause pour une raison évidente : depuis que Léon avait fait fortune, Émile ne pensait qu'à faire de même. Mais il fallait plus de bras et de mauvaise volonté pour massacrer les ambitions de développement de la petite station Les Confins-Village. Là-haut, il y avait plus d'un individu tombé sous la coupe de Léon. Tout d'abord, il y avait Lucien.

Né hors mariage – ce qui valait d'être tenu à l'écart de toute vie sociale dans les vallées avant guerre, et même après –, Lucien avait été un enfant paria. Sa pauvre mère s'était repliée sur elle-même, accablée par le qu'en-dira-t-on. Le petit fut très vite déscolarisé car sa mère avait besoin de ses bras pour survivre. Pour se nourrir ils entretenaient un épuisant potager en pente abrupte et fabriquaient du fromage que leur achetaient quelques bonnes âmes de passage qui avaient vent de cette condition tragique. Il n'était pas rare que le curé de Viclaire, au cours d'offices auxquels la mauvaise femme n'assistait pas, la prenne en exemple des fautes à ne surtout pas commettre. Les fidèles de la haute vallée, des êtres lâches et vils, se distinguaient fièrement de cette femme aux mœurs inconvenantes. À sa mort (de chagrin plus que de vieillesse), le pauvre Lucien avait à peine seize ans et c'était un parfait incapable déjà sérieusement porté sur la bouteille. Aussi Émile le prit sous sa responsabilité. Que pouvait-on faire d'un clochard aux Confins ? En échange de sa pitance Lucien devint le larbin du village tout entier, écopant d'autant de tâches ingrates qu'il apprit sur le tas et non sans dégâts. Et quand Léon se décida à l'employer au lancement du domaine des Grands Mignes, c'était pour un métier dont personne ne voulait : il s'agissait de monter sur les pistes à la tombée de la nuit et de conduire les dameuses, seul, perdu dans la nuit noire jusqu'au matin.

Pour ce travail usant Lucien n'avait même pas pensé à demander de salaire, ce qui plut énormément à Léon. Lucien avait peur du noir comme un enfant et chaque jour une boule au ventre l'étrillait à l'idée de remonter aux commandes de cette machine. Une machine dont le fonctionnement était trop complexe pour qu'on évite un drame. On ne sut jamais très bien ce qui s'était passé, mais un soir, la dameuse qui pesait plusieurs tonnes dévala en roue libre le mur d'une piste rouge. Lucien avait sauté en marche et était indemne. Seulement l'engin avait terminé sa course dans un restaurant d'altitude, l'Éden Café, qui se trouvait deux cents mètres plus bas. Et dans ce café, une jeune employée consciencieuse était restée pour faire sa caisse. De l'établissement comme de la serveuse il ne restait pas grand-chose d'exploitable. On récupéra Lucien, ivre bien sûr, et Léon pressentit le nid d'emmerdes qui l'attendait. Il ordonna à l'employé coupable de rentrer se coucher et de ne jamais parler de cette histoire à personne. On créa une version officielle avec la complicité d'un capitaine de gendarmerie criblé de dettes, un certain Marmottan. À son arrivée Léon l'avait pris à part et, connaissant ses difficultés, il lui avait proposé que tout s'arrange le plus simplement du monde. Le gendarme pouvait même y gagner. Du même coup, le fabricant du modèle de dameuse incriminé perdit son honneur, le marché des Grands Mignes, ainsi que tous les autres. Ce faisant, Léon s'était attribué deux hommes de main, aussi fidèles que des chiens battus, et qui ne poseraient jamais de questions car ils n'en avaient pas les moyens. Voilà pour Lucien, et pour Marmottan.

Le docteur Collomb, c'était une autre histoire. Un soir de Noël, Émile Empereur remonte vers Les Confins accompagné de sa femme après un réveillon à Bourg. Il roule prudemment car il a trop bu comme d'habitude. Le voilà qui enchaîne les lacets en ne dépassant jamais la deuxième. Arrivé à l'épingle du Planay, il aperçoit un homme en bras de chemise qui erre sur le bas-côté. À cet endroit, le virage à 180 degrés épouse un replat qui constitue un espace de dégagement au cas où deux véhicules imposants seraient amenés à se croiser. Aussi Émile peut y faire un arrêt. Qui est ce pauvre fou qui va mourir de froid d'une minute à l'autre ? Émile ordonne à sa femme de rester à bord et de verrouiller les portes, on ne sait jamais.

Le maire descend de voiture et tombe sur Barnabé Collomb, également ivre, mais aussi dévasté et comme atteint de démence. Que fait-il ici, tout seul au bord de la route, et dans cette tenue ? Le médecin bafouille et ses larmes chaudes se mélangent aux filets de morve qui, sans elles, auraient déjà formé d'immondes stalactites. Mais qu'il parle, bon Dieu ! Barnabé tremble à tel point qu'Émile lui refile son manteau et le frictionne pour stabiliser son pitoyable corps qui tressaute. Alors le médecin parvient à aligner quelques mots et lui fait ce récit que l'auteur restitue ici, en y apportant plus de cohérence que dans sa version initiale, décousue et entrecoupée de spasmes et de hoquets.

Lui aussi a passé le réveillon à Bourg, et lui aussi a bu plus que de raison. Mais à l'époque, Barnabé Collomb n'est pas encore l'alcoolique qu'il deviendra à la suite de ces événements. C'est lui qui conduit et sur la banquette arrière, sa femme et sa petite fille de six ans dorment à poings fermés. En rejoignant la petite route qui mène aux Confins, le médecin est pris d'une envie de pisser absolument intenable. Tout ce champagne ne demande qu'à prendre l'air. Mais il sait qu'il n'est pas prudent de s'arrêter ici. Il pourrait ne pas avoir les moyens de repartir. Démarrer en côte dans la neige, même avec des chaînes, c'est un risque que les montagnards ne prennent jamais ou presque.

Bien sûr il adapte sa vitesse, mais son envie l'agite et deux ou trois fois, il se fait de belles frayeurs. Le médecin sait mieux que personne que la rétention prolongée d'urine constitue un agent toxique qui atteint le cerveau. Avez-vous essayé de prendre une décision quand vous mourez d'envie de vous soulager ? S'il se retient plus longtemps, il se met en danger, lui et toute sa petite famille. Alors c'est décidé, il s'arrêtera sur le replat du virage du Planay et pourra enfin vider ce ballon de baudruche qui lui sert de vessie.

Arrivé à cet endroit Barnabé manque de se faire dessus. Il est toujours plus difficile de se retenir lorsque l'on sait la délivrance proche. Il saute hors de sa voiture et court dans la lumière de ses phares. Enfin… Mais dans sa précipitation, il a oublié de serrer le frein à main. Dans son dos, la voiture part à reculons, tout doucement. Femme et fille sont endormies et ne réalisent pas ce qui leur arrive. Lui urine encore et pousse un immense soupir de soulagement. Il s'égoutte enfin. C'est impensable, tout ce volume de liquide qu'il vient d'expulser.

Et quand il se retourne, il est d'abord ébloui par les phares… Et ceux-ci sont en mouvement. Ou plus exactement, ils rétrécissent très légèrement. Mais ce n'est pas lui qui titube. Non. Il comprend tout. Subitement les phares s'inclinent et se dirigent vers le ciel comme les projeteurs d'une discothèque de campagne avant de laisser le médecin dans le noir. Dans son corps passe comme un grand courant d'air. Le silence parfait dure quoi, trois, quatre secondes, qui en paraissent autant de siècles. Pendant ce laps de temps indéfinissable, Barnabé peut encore croire que c'est un mauvais rêve. L'infernal craquement de la tôle le ramène à l'écrasante réalité.

Il lui faut plusieurs minutes avant d'oser se pencher au bord du précipice. Il jette un regard aussi bref qu'un clin d'œil sur ce qu'il vient de faire. La voiture gît trente mètres plus bas, tordue comme une vieille boîte de conserve, les phares encore allumés. Plus un bruit. Au moins n'auront-elles rien vu venir. Elles n'ont rien senti. Ce soir de Noël, la souffrance devient l'éternel lot du médecin.

Terrorisé par ce récit dont l'absurdité n'a d'égale que l'horreur, Émile se penche à son tour et cherche du regard l'épave en contrebas. Le médecin a dit vrai. Émile ordonne à Barnabé de monter en voiture avec eux. Le médecin proteste. Il veut crever ici, crever ici, crever ici. Mais Émile ne peut tout bonnement pas le laisser à son sort. Et puis Ludivine est juste là, dans la voiture. Elle l'a vu et si Émile ne l'embarque pas, elle n'y comprendra rien et fera toute une histoire. Une fois de plus Émile ordonne au médecin de monter avec lui et de fermer sa gueule. Il ne veut pas que Ludivine fasse une attaque. Disons que tu as crevé plus bas et que tu remontais à pied, voilà tout ! Ils montent en voiture et livrent ce bobard à Ludivine. Heureusement que nous passions par là ! Le médecin ne lui répond pas, ferme les yeux et s'effondre sur la banquette arrière, ce que Ludivine prend pour un légitime épuisement.

Une fois arrivés chez eux, le couple déposa le corps inerte du médecin dans la chambre d'amis et Ludivine monta se coucher à son tour. Et comme d'habitude, Émile appela Léon pour qu'il lui dise quoi faire. Léon rassura son frère et lui parla d'un capitaine de gendarmerie nommé Marmottan. Ce type lui était redevable et ferait passer ça pour un accident. Moyennant une somme rondelette, on encouragea Rochard le garagiste à faire jouer son expertise. Dans le procès-verbal on indiqua que selon l'examen de l'épave par un garagiste *certifié* – ça faisait bien ce mot, jugeait Marmottan –, on pouvait affirmer que le câble du frein à main était défectueux. Voilà pour le Dr Collomb, et pour Rochard qui entrait dans la danse.

Printemps 1965

À la faveur de cette succession d'événements, Léon s'était constitué une bande d'esclaves sur lesquels le cercle du mensonge et de la cupidité s'était refermé. Ils étaient devenus ses choses, sa milice, sa main-d'œuvre servile, des malfrats en habits de gentilshommes qui l'aideraient à faire tomber Pierre Roussin au plus profond.

Concernant les autres acteurs des Confins - Village, ceux dont on ne pouvait prévoir le comportement, Léon Empereur prévoyait de leur faire une proposition qu'ils ne pourraient refuser. De l'argent.

Hiver 1984

L'écrivain n'avait jamais rien écrit. Il n'écrirait jamais rien. Que fabriquait-il alors de ses nuits dans son chalet de la Balme ? Lui-même ne le savait pas exactement. Il n'avait pas de plan précis, seulement deux ou trois objectifs à atteindre.

Des années durant, sa colère avait peiné à trouver une victime valable. Depuis les foyers de la DDASS d'Annecy, de famille d'accueil en famille d'accueil, toutes plus médiocres les unes que les autres, jusque sur les bancs du lycée à Grenoble, où tous l'évitaient car ils le prenaient pour un crétin des Alpes, il lui avait manqué le courage pour étrangler, tuer, brûler tous ceux qui l'emmerdaient. Passé son bac, il avait réussi à entrer aux beaux-arts de Grenoble, où la pratique de la peinture lui avait offert un faible refuge. Il y avait consacré un temps fou, mais au final tout cela n'avait servi à rien. Il était continuellement fauché. Tuer des petits animaux c'était une chose, mais s'en prendre à des êtres humains, il n'avait jamais pu s'y résoudre ou y céder.

Toute son adolescence il se considéra à tous points de vue comme un raté, comme l'avait été jadis son père. C'est en substance ce qu'il avait conclu des récits flous que les éducateurs des foyers lui avaient fournis. Récits que les gendarmes de Bourg avaient livrés en premier lieu et que ces supposés professionnels de l'enfance s'étaient crus obligés de transmettre à l'enfant pour qu'il ait un passé, un *récit familial* comme on dit dans le milieu des affaires sociales.

Pendant longtemps il avait cru à cette version qui prétendait que son père s'était planté car il avait fait les mauvais choix et qu'il n'avait pas eu de chance. Dans les affaires ça arrivait. Alors il s'était mis à boire. Il avait eu un accident de voiture. Par la suite sa mère s'était suicidée parce qu'elle avait trop de dettes et de chagrin. Et basta. Il avait sept ans à la mort de sa mère. Et mis à part les quelques photos qu'on avait collées dans sa valise avant de l'envoyer en foyer, l'adolescent puis le jeune homme qu'il devint peinait à se figurer de mémoire le visage de ses parents. Il ne savait pas contre qui tourner sa colère. Il n'avait plus l'âge ni l'envie de massacrer des petits mammifères, ces souvenirs flous de ces années aux Confins le dégoûtaient profondément. À qui pouvait-il s'en prendre ? C'était la question qui l'habitait continuellement bien qu'il ne pût se la formuler aussi clairement.

Jusqu'à ce soir de l'année 1979, aux Grands Mignes, où il trouva enfin la cible d'une violence aussi intériorisée qu'explosive. Certains soirs de grande affluence, dans ce bar où il avait trimé tout l'hiver, il n'était pas rare que Bruno soit condamné à rester à la cave, uniquement occupé à changer les fûts de pression en continu. Ce fut précisément le cas un soir de fin de saison où touristes et saisonniers fêtaient la fermeture du domaine. Pour ce genre d'occasions, difficile d'imaginer le nombre de litres qu'on pouvait écluser dans cet établissement. On nageait en plein délire. Par la trappe ouverte, les employés du bar ou le patron lui-même hurlaient à Bruno quel fût il lui fallait changer en urgence. Les bières blondes bon marché coulaient à flots. Une cadence terrifiante.

Et tout au fond de cette vaste cave, pendant que Bruno se démenait pour trouver ce fût de Meteor qu'on venait de lui réclamer, le brouhaha de la salle s'estompa derrière la trappe refermée… Alors Bruno reçut au creux de l'oreille le fil d'une conversation. Une voix chevrotante qui débitait ses paroles très clairement. Y avait-il un homme miniature caché sous cet embrouillamini de gobelets, chaises en vrac et vieux grils pleins de graisse ? Bien évidemment que non. Bruno comprit que, comme dans certaines vieilles maisons, un ancien réseau de plomberie aujourd'hui inutilisé lui apportait aussi clairement qu'un téléphone les paroles qu'on échangeait au niveau supérieur. Il se rapprocha de ces vieux tuyaux en fonte, aperçut l'ouverture obsolète de la purge, et tendit l'oreille. Et soudain il entendit le nom de son père. Pétrifié, il écouta.

À l'étage supérieur se trouvait Lucien qui craquait. Installé dans une alcôve au fond du bar, il en avait gros sur la patate et ennuyait un type quelconque avec ses histoires à dormir debout. Ils l'avaient tué, le père Roussin, prétendait-il. Oui, oui ! Ils l'avaient tué. Le type en face essayait de ramener Lucien à la raison. Tu délires, lui assurait-il. T'es bourré et tu dis n'importe quoi. Et puis, quoi ? T'as des preuves ? Ce faisant, l'interlocuteur sceptique ne faisait qu'encourager Lucien à poursuivre. Et sous le plancher, à l'extrémité du vieux tuyau, Bruno écoutait la liste des méfaits dont le chauffeur de car établissait l'inventaire. Et, plus intéressant encore, la liste exhaustive des auteurs.

L'été suivant, Bruno se mêla à un groupe de randonneurs et arriva aux Confins incognito. Il put les observer, tous ces types, faire le compte de ceux qui restaient. Il n'arrivait pas à s'expliquer pourquoi les membres de cette bande de sauvages n'avaient pas pris chacun leur propre direction. Apparemment ils n'avaient pas agi bénévolement. Ils s'étaient même grassement enrichis. Alors pourquoi ne pas prendre le large avec leur pactole ? Malgré de nombreuses suppositions, Bruno ne put concevoir cette idée simple : tous ces hommes ne pouvaient se quitter d'une semelle car ils se surveillaient mutuellement. Si l'un d'entre eux commençait à avoir des remords, à déprimer, à vouloir parler, les autres étaient là pour le remettre sur le droit chemin. Si un seul d'entre eux parlait, ils étaient tous foutus. Un autre mystère restait insoluble : qui avait donné les ordres ? D'où venait tout cet argent qui avait poussé Émile Empereur et les autres à commettre ces crimes ? Ça, il ne le saurait jamais.

C'est lors de ce passage aux Confins que Bruno se résolut à pénétrer à nouveau dans le chalet de son enfance. Il s'était fait la promesse de ne plus jamais y mettre les pieds. Mais maintenant qu'il était là, c'était inévitable. C'est à cette occasion qu'il découvrit les manuscrits de son père. Il les embarqua sans savoir qu'il laissait sur place un exemplaire de chacun, bien à l'abri dans un coffre en cuir noir à serrure, ces copies ronéotypées que Corinne découvrirait plus tard. De retour chez lui, Bruno avait naïvement recopié les nouvelles de son père sur des carnets d'aujourd'hui, avec son écriture dénuée de grâce, en modifiant les détails que l'on connaît. Il avait tenté le coup et les avait envoyées à une maison d'édition parisienne prise au hasard dans le bottin. On ne savait jamais ! Tout au plus il espérait toucher quelques milliers de francs. Cinq ou six cents lui auraient suffi à considérer le coup comme réussi. La suite, on la connaît.

(Précisons enfin que goûtant au succès de son imposture littéraire, et abasourdi par l'apparition de Corinne dans son existence, une fille intelligente et douce pour qui aimer Bruno semblait si évident, il avait un temps oublié le ressentiment qui l'habitait. Mais un temps seulement. Son succès n'était pas le sien et chacune de ses manifestations, choses qui auraient dû nourrir son amour-propre, le replongeait bien au contraire dans le souvenir de son père dévoré par cette bande de loups. Quant à l'amour, passé les premiers mois durant lesquels Bruno trouvait le sommeil comme jamais il ne l'avait trouvé, c'est-à-dire épuisé par la baise et couvert d'affection, il retrouva l'affreuse compagnie de ses interminables insomnies. Il était résolument obsessionnel, abîmé, et toute la tendresse ou la reconnaissance du monde n'y pouvaient rien changer.)

Les hommes qui avaient détruit son père, il ne voulait pas seulement les voir mourir. Il voulait les terroriser… et la suite serait un bonus imprévisible. C'est pourquoi une de ses premières idées fut de les priver d'alcool. De cette manière il leur ôtait l'opium grâce auquel ils supportaient sûrement la mémoire de leurs méfaits. Il s'était imaginé leur rendre visite, un à un, pour obtenir leurs confessions en échange de ces breuvages pour lesquels ils auraient tué père et mère. Mais avec la mort de Lucien, rien ne s'était passé comme prévu.

Hiver 1984

Aussi, pour les isoler définitivement du reste du monde et installer la terreur, le premier soir Bruno avait détruit l'antenne-relais qui d'ailleurs avait été construite à l'initiative de son père. Si on en avait légèrement modernisé l'installation, c'était la seule réalisation de Pierre qu'on avait respectée. À l'époque l'entrepreneur avait apporté les ondes de la télévision à travers le col de l'Étale jusque dans les foyers de la haute vallée et d'aucuns l'avaient remercié les larmes aux yeux.

En somme, Bruno connaissait le point de départ et n'avait plus aucune idée des véritables effets de son expédition punitive. L'enfer ne lui faisait pas peur car il y résidait depuis toujours.

Hiver 1965

Salomon, Georges de son prénom, dont on connaît aujourd'hui le brillant groupe industriel d'équipements sportifs, était un sacré bonhomme. Parti de rien dans son petit atelier d'Annecy, le Savoyard commença par fabriquer des carres de ski. Et au milieu des années soixante, c'est sur un point essentiel qu'il révolutionna techniquement la pratique du ski alpin : la fixation. Avant cette invention qui marquerait le début de l'incroyable ascension de Georges Salomon, on s'accrochait aux immenses et lourds patins à l'aide de lanières de cuir, comme des bœufs à leur charrue, en somme. Pour rendre possible la glisse, ces lanières devaient être solidement serrées. En cas de roulé-boulé il en résultait des blessures irréversibles aux chevilles et aux genoux, blessures que le plus fruste des physiciens imagine aisément.

Ainsi, au milieu des années soixante, Georges Salomon invente la fixation moderne, et les modèles sur lesquels on chausse encore aujourd'hui n'en sont que l'amélioration. La *fixation à déclenchement automatique* permit enfin le déchaussage salutaire des skis en cas de chute, d'arrêt brutal des patins ou de vive torsion. Le principe n'en est pas si simple même s'il paraît évident à toutes les générations récentes de skieurs. La chaussure s'emboîte entre une fixation avant et une fixation arrière. Et la véritable trouvaille se trouve à l'avant, un module équipé d'un système de réglage de raideur ingénieux que l'on adapte en fonction du poids, de la taille et du niveau de ski ou d'exigence de maintien de l'usager. Le mauvais réglage a plusieurs conséquences. Trop lâche, les skis nous quittent au moindre choc et il n'en résulte rien de grave, juste une très mauvaise journée de ski. Mais si au contraire ce réglage s'avère trop serré, mettons par exemple qu'un enfant d'à peine trente kilos hérite d'une fixation ajustée pour un adulte atteint d'embonpoint, c'est la blessure assurée. La fixation, désormais incapable de déchausser, ne vaut pas mieux que les lanières en cuir d'antan, si ce n'est pire.

C'est sur ce point essentiel de l'équipement que commencèrent les sabotages dont le seul but était de pourrir l'ambiance aux Confins. Convaincu que la modernité des équipements était une condition indispensable à la réussite du domaine, Pierre s'était assuré que Creneguy propose un équipement doté de l'invention de Georges Salomon. Il en avait résulté de nouveaux investissements que Pierre avait en grande partie assumés grâce à de nouveaux emprunts. (On ne comptait plus les lignes de crédit accumulées par le Lyonnais, mais suite au bon démarrage, les banquiers l'accueillaient la bouche en cœur chaque fois qu'il passait les portes d'une agence.) Creneguy avait bénéficié d'une formation à ces nouveaux équipements et aux fins réglages qui les accompagnaient. Loin d'être complètement demeuré, le loueur néophyte avait même développé ce talent propre au skiman. Au premier coup d'œil sur son client il pouvait déterminer au flair sa taille et son poids avec une précision étonnante. Mais c'était sans compter la cupidité de Creneguy et les instructions qu'il recevait de Léon.

La deuxième saison commença très mal car sur les pistes de la Balme les blessures s'enchaînaient comme les plaies d'Égypte. Petits et grands, amateurs ou bolides, les genoux se tordaient dans tous les sens comme des danseurs de twist fous. Les blessés étaient descendus sur civière jusqu'au village et ne pouvaient éviter de traverser ces aires où se croisent ceux qui arrivent des pistes, et ceux qui s'apprêtent à y monter. Ces derniers, prêts à s'élancer sur le domaine, tout sourire, croisaient les victimes et ne pouvaient s'empêcher de les considérer comme une version d'eux-mêmes au futur. Les blessés avaient le teint verdâtre et hurlaient comme des veaux qu'on égorge. Alors les skieurs prêts à monter devenaient blêmes à leur tour, et leur soudaine fébrilité occasionnait d'autant plus de blessures.

Les malheureux étaient conduits au poste de premiers secours dont le Dr Collomb avait naturellement la charge. On était loin d'un véritable service d'urgence. Objectivement, les actes médicaux qu'on y pratiquait relevaient plus de la cordonnerie. Et on imagine aisément le genre de directives qu'avait pu recevoir le médecin quand on connaissait ses liens avec les Empereur, et avec les forces de l'ordre représentées par Marmottan. Il faisait n'importe quoi. Pratiquant des actes de fortune, il conseillait tout de même aux blessés de se rendre au plus vite dans un service plus équipé pour bénéficier de soins adaptés. En attendant, il prétendait cacher la misère et calmer la douleur, mais c'était exactement le contraire.

On ordonna au Dr Collomb de chier dans la colle autant que faire se peut. Et le pauvre type s'exécutait. Quand il tombait sur un genou tout tordu, il le tordait davantage dans l'autre sens en expliquant que c'était le seul moyen de minimiser les lésions. Les os déplacés étaient plâtrés sans ménagement pour corrompre la soudure du calcium. Les plaies ouvertes qu'il devait refermer et suturer devenaient des nids à infection. Parfois même il oubliait une compresse ou une aiguille dans la plaie qu'il refermait à la va-vite. Il opérait ivre et ne manquait pas de souffler son haleine chargée de scotch au nez des patients terrorisés. Et lorsque ces genoux brisés, ces chevilles ayant fait un tour sur elles-mêmes, ces tibias ouverts arrivaient sous les yeux des spécialistes des grandes villes, ces derniers étaient souvent forcés de recasser l'os pour repartir de zéro. Beaucoup de victimes ne s'en tirèrent pas indemnes et traînèrent une patte folle pour le restant de leurs jours. Ces claudications étaient la preuve irréfutable que Les Confins étaient une station où il ne fallait à aucun prix mettre les pieds.

Le poste de secours était situé juste en face de l'Hôtel des Voyageurs. Les cris de douleur résonnaient jusque dans les chambres les plus luxueuses et la salle de restaurant. Ceux restés pour se détendre à l'hôtel se retrouvaient en plein cauchemar. Alors on faisait ses valises et on partait plus tôt que prévu. Les Braffaz avaient beau offrir des nuitées ou des petits-déjeuners aux clients sur le départ, ces derniers se carapataient dans l'affolement. De retour en ville les touristes racontaient ces horreurs à qui pouvait les croire et ainsi la réputation des Confins se trouva chaque jour davantage entachée. Le couple d'hôteliers voyait l'argent les fuir comme la peste et c'est quand ils aperçurent le visage de la ruine et du déshonneur que Léon leur passa un petit coup de fil, avec ce sens du timing qu'on lui connaît. Du jour au lendemain, les Braffaz laissèrent filer les clients sans lever le petit doigt. Pire, ils s'appliquèrent désormais à rendre leur séjour intolérable. Non seulement on fuyait ce domaine maudit blessé, ou vivement impressionné par cette hécatombe à laquelle on avait réchappé par chance, mais il fallait aussi compter sur les désordres de digestion que les plats servis aux vacanciers occasionnaient invariablement. À l'Hôtel des Voyageurs, les draps donnaient de l'urticaire et le service de pressing massacrait les pulls en cachemire qui n'étaient alors plus bons qu'à habiller des poupées.

Dans les dîners qu'on donnait en plaine, déjà se répandait la réputation d'une station dangereuse gérée par une bande d'incorrigibles bras cassés. Ces récits horrifiques faisaient la gloire de leurs auteurs, aussi ils en rajoutaient autant que possible. Le pire, c'est que la plupart des détails qu'ils livraient sur leur séjour aux Confins étaient véridiques. Dans la chair des fromages d'alpage on tombait sur de vieux hameçons rouillés qui ne manquaient pas de se ficher dans la bouche des plus gourmands. On avait surpris des employés qui ne se cachaient même pas pour cracher dans les chocolats chauds. Et la route pour y monter, Dieu qu'elle était dangereuse et mal entretenue, il y avait toujours l'oncle du cousin d'un ami pour y avoir frôlé la mort. Tout le travail de Pierre était saccagé par cette rumeur qui disait vrai. Car il existe une règle impitoyable dans le commerce : un client très satisfait vous en rapporte trois, tout au plus. Un client déçu vous en fait perdre dix. Que dire alors d'un client traumatisé ? La dure loi du bouche-à-oreille faisait son œuvre.

Les choses avaient si bien débuté. L'été précédant cette saison désastreuse, Pierre avait achevé l'édification de l'aérogare des télécabines censées porter les skieurs jusqu'au secteur de La Bergerie. Les télécabines Muller attendaient sagement dans ce dépôt qu'on veuille bien leur construire les pylônes et câbles pour grimper plus haut sur le massif de la Balme. Sans oublier une gare d'arrivée ! Mais cette année, contrairement à celle passée, la délivrance des permis de construire traînait en longueur. Sous le feu des questions de Pierre, Émile se contentait de hausser les épaules et invoquait toutes sortes de complications administratives. Selon lui ça bloquait plus haut, ou en l'occurrence plus bas, dans les administrations de la région ou du département qui exigeaient toujours plus d'études ubuesques. Quant à l'hôtel que Pierre projetait là-haut, devant tant de difficultés, l'architecte n'osait même plus en rêver. Il l'avait relégué dans une phase 3 qui aujourd'hui semblait un objectif aussi réaliste que pouvait l'être la Lune pour une tribu de Pygmées. Lui qui avait joué au football, notamment en captivité, ne pouvait concevoir l'idée qu'un coéquipier le tacle parderrière, et encore moins que toute l'équipe en fasse autant.

Pour donner le change, et ça faisait partie du plan d'Émile (ou plutôt de Léon), le maire avait fort heureusement débloqué les autorisations pour ériger les vingt-quatre pylônes qui relieraient à terme l'aval à l'amont de la ligne de télécabine. Il fallait donc les construire ! D'autant plus que la confiance de nouveaux investisseurs rendait possible cette étape indispensable. Ce dont Pierre ne pouvait se douter, c'est que ces nouveaux alliés n'étaient que des prête-noms de Léon. (Les fonds que Léon mettait ainsi à disposition de Pierre n'étaient pas les siens, bien sûr. Ils provenaient de fonds publics habilement détournés avec l'aide de ses amis très haut placés.) Entre les mois de juillet et octobre de cette année 1965, l'ouvrage fut supervisé par un directeur technique dont nous tairons le nom. L'homme avait fait ses preuves. Il avait réalisé le même genre d'ouvrage dans bon nombre de stations gigantesques qu'on exploite encore aujourd'hui, comme Les Deux Alpes ou La Plagne pour ne citer qu'elles. Devant de telles références, Pierre s'inclina et fut même absolument ravi qu'une telle pointure lui prête son concours. Il ne faut pas être devin pour comprendre que ce fameux directeur technique était un missile téléguidé par les Empereur.

Un matin du mois de février, Pierre fut tiré du lit par un grondement assourdissant. Le chalet de la Balme trembla telle une cabane de paille, comme tous les chalets du village. Lui et sa femme crurent au retour des Allemands qui opéraient un Blitzkrieg sur les Alpes françaises. La déferlante prit fin aussi subitement qu'elle avait commencé, alors Pierre se précipita dehors. Les Confins étaient encore bien debout et il n'y avait aucun avion en vue. Il aperçut de loin bon nombre d'habitants qui comme lui s'étaient précipités aux fenêtres ou sur le pas de leurs portes. Et tous regardaient en direction de la Balme. Pierre se tourna dans cette même direction et put constater qu'il n'y avait plus un seul pylône debout. Une monstrueuse avalanche avait tout emporté. Le phénomène s'était estompé en se fracassant sur le crêt du Loup, aussi toutes les installations en deçà de ce point ainsi que le village avaient été épargnés. Mais au-dessus, il ne restait plus rien. Tout était à refaire et pour la première fois Pierre se demanda s'il en aurait le courage. Évidemment, ce fameux directeur technique avait pris la poudre d'escampette.

Pour la première fois de leur vie, Aline et Bruno virent Pierre éclater en sanglots. Il s'enferma dans son bureau pour cacher ces larmes dont il avait honte, lui à qui rien ne faisait peur. Jusqu'à ce jour.

Hiver 1984

Sa demeure consumée par les flammes, Émile se réfugia chez les Braffaz, qui hésitèrent à l'accueillir chez eux. Ce type était maudit, c'était évident. Et si le petit de la Balme était bien là pour régler ses comptes, les hôteliers et tous les autres habitants des Confins priaient le ciel pour qu'Empereur en demeure la cible prioritaire. Ils arrivaient à se persuader que finalement, ils n'avaient rien fait de mal, si ce n'était agir sous la pression des deux frères. Si bien qu'à l'hôtel, lors d'obscures réunions qui avaient lieu alors qu'Émile dormait, les Braffaz et tous les autres ourdissaient de sombres projets sacrificiels. Il fallait livrer Empereur à ce maudit Roussin, le ligoter et le porter au chalet de la Balme en offrande à ce dieu de malheur qui avait remonté leur piste. On pouvait tout aussi bien livrer son cadavre car la blessure à la main de l'ancien maire était infectée. Avec un peu de chance, un choc septique pouvait l'achever rapidement, remarqua le

Dr Collomb. D'une manière ou d'une autre, Émile n'en avait plus pour longtemps.

Sans doute le courage leur manquait pour agir de la sorte. Le courage était une vertu dont ils ne connaissaient pas le sens. Et le plus lâchement du monde, ils espéraient tous que ceci soit une gigantesque méprise, un concours de circonstances inexplicable. Se présenter à Bruno avec Émile en guise de cadeau équivalait à admettre leur culpabilité à tous. Le véritable talent qu'ils partageaient tous consistait à se mentir à eux-mêmes. Malgré les chaudières bousillées, les carreaux cassés, les habits lacérés, les vivres corrompus, l'incendie du Ranch d'Émile, tous envisageaient encore de sortir de l'hiver vivants. Chacun espérait être le dernier de la liste. Et c'est en caressant cette idée absurde qu'Émile s'était éteint dans un sommeil noyé de sa fièvre infectieuse.

C'est une nuit de décembre que le reste de la population perdit tout optimisme. Chez le Dr Collomb dont le chalet se trouvait au cœur du hameau, à touche-touche avec tous les autres, le feu prit vers deux heures du matin. Les conditions étaient parfaites pour que les flammes gagnent toutes les constructions mitoyennes. Un vent tournoyant s'était levé, portant le feu en toutes directions. Le plancher du rez-de-chaussée, imbibé d'essence, ne laissa aucune chance aux étages supérieurs. Collomb se laissa périr et ses dernières pensées furent pour sa femme et sa fille. Il ressentit un immense soulagement. Son calvaire prenait fin et ce n'était pas trop tôt. Il mourut de suffocation avant même que les flammes l'atteignent.

De la fenêtre du bureau de Pierre où elle était enfermée depuis des semaines – elle se nourrissait de pâtes et de riz crus et faisait fondre dans le pot à crayons de la neige prélevée par la fenêtre qu'elle refermait aussitôt –, Corinne put voir le village brûler. Cela prit quatre jours. Elle fixait le feu, hypnotisée, et c'était bien le seul spectacle qui avait pu la tirer de son occupation favorite, à savoir tracer de la pointe des Rotring de Pierre des nervures de bois, des nervures de bois, encore des nervures de bois. À court de papier, elle avait d'ailleurs entrepris de simplement suivre le chemin de ces motifs à même le lambris de la pièce. Elle devait en être au millième passage car elle y avait creusé de profonds sillons. Et de l'autre côté de ces murs, au salon, Bruno buvait méthodiquement le reste de son stock d'alcool en profitant du spectacle. Les cris de terreur, les poings qui tambourinaient aux portes, les coups de feu qui résonnaient dans la haute vallée, le craquement de la chute des charpentes, tous ces instruments lui offraient un concert privé dont il tirait un ineffable plaisir. C'était beau comme l'antique, cette histoire.

Ce qu'il devinait mais qu'il ne pouvait voir de là où il se trouvait, c'est de quelle manière les habitants du village tentaient de s'organiser pour fuir les flammes. Suivant la progression du feu, les hommes et les femmes qui perdaient leur foyer se réfugiaient dans le suivant. Il fallait se battre pour entrer. On fracassait les portes et les volets à coups de hache et on s'introduisait contre la volonté de ceux dont le toit tenait encore debout. Puis ce n'était qu'une lutte acharnée pour grignoter ce qui restait dans les garde-manger. Les plus faibles étaient enfermés dans des placards bien loin des vivres. Les autres se goinfraient de tout ce qui restait dans les celliers. Ceux qui s'en tiraient le mieux – Creneguy, Rochard et Marmottan furent de ceux-là – étaient les hommes qui avaient pensé à prendre une arme en quittant leur domicile dévoré par les flammes. Les trois hommes possédaient des fusils et imposaient leur volonté dans tous les chalets qu'ils devaient investir pour survivre quelques heures de plus. Les suiveurs suivaient les meneurs et au bout de trois jours, dans un des derniers chalets qui tenaient encore debout, on comptait nos trois compères ainsi qu'une poignée d'hommes et de femmes aux rôles insignifiants, de simples habitants réduits à l'état de bêtes dont il n'est pas nécessaire de faire l'inventaire. Et quand cette masure exiguë prit feu comme une boîte d'allumettes, la bousculade fut telle que seuls les hommes s'en sortirent vivants. Les femmes avaient été tout simplement piétinées. Inconscientes, on les laissa se consumer dans les décombres.

Pourquoi cette étrange colonie n'avait-elle pas pris plus tôt le chemin de l'Hôtel des Voyageurs ?

C'était en effet la seule bâtisse en pierre du hameau et de ce fait elle tenait bon. En voici la raison. Les Braffaz également étaient armés et tous le savaient bien. Aussi avaient-ils retardé l'affrontement, persuadés que les hôteliers n'auraient jamais laissé quiconque passer le seuil de leur établissement. Mais lorsque les hommes restants se présentèrent devant la porte de l'hôtel, contre toute attente, Yvon les y invita, croyant ainsi éviter un affrontement inutile. Après tout, il y avait bien assez de place pour accueillir tout le monde. Si l'on pense que Braffaz avait pour une fois fait preuve de bon sens en prenant cette décision, on se trompe.

Il ne fallut que quelques jours de cohabitation entre les Braffaz et leurs nouveaux hôtes pour que les choses tournent au vinaigre. Marmottan le gendarme, Creneguy le loueur de skis et Rochard le garagiste se mirent en tête de profiter du corps de Madeleine Braffaz. C'est dire où ils en étaient arrivés. En temps normal ils n'en auraient voulu pour rien au monde, si ce n'est comme à leur habitude, en échange d'une importante somme d'argent. Les trois jours passés à fuir le feu et à user du pouvoir que leur conféraient leurs armes leur avaient fait perdre pied. Ils avaient atteint une dimension pardelà le bien et le mal. Ils n'étaient plus eux-mêmes et en vérité, ils ne ressemblaient plus à personne.

Une violente bagarre éclata car, contre toute attente, le petit Yvon tenta de s'interposer et lui aussi était armé. Des coups de feu furent échangés. Deux d'entre eux réglèrent le compte des Braffaz. Un troisième avait atteint Creneguy à la cuisse, c'était moche à voir. Un quatrième se nicha dans une bonbonne de gaz sous le comptoir. La salle du bar-restaurant s'embrasa ainsi que tout le reste de l'hôtel. Pour sauver leur peau, Marmottan, Creneguy et Rochard n'eurent plus d'autre choix que de se rendre vers le seul abri qui leur restait : le chalet de la Balme.

La rixe ayant éclaté en pleine nuit, ils avaient fui l'hôtel en bras de chemise et en chaussettes. Il faisait nuit noire. Et arrivés aux abords du chalet de Bruno, situé comme on le sait à quelques centaines de mètres en amont du village, ils n'étaient plus que deux. Le vent couvrait leurs cris et Creneguy avait disparu. Il devait claudiquer quelque part, désorienté dans les champs de poudreuse qui montaient en pente douce et ne dut pas mettre longtemps à s'éteindre, soit en se vidant de son sang, soit congelé, sûrement les deux. Marmottan et Rochard trouvèrent le chalet dont la silhouette se découpa enfin, noir sur noir, et les pieds déjà gelés ils se précipitèrent en sa direction, leurs armes pointées vers la porte.

Automne 1966

En un an, Pierre avait fait tout ce qui était en son pouvoir pour ne pas sombrer. Il ne se laissait jamais abattre. Il avait rebâti les pylônes des télécabines de la Balme mais selon un autre axe, qui les préservait d'une éventuelle avalanche. Plus remarquable encore, il avait réussi à sauver son chalet des flammes, un incendie qui l'avait profondément marqué et dont il ne pouvait se résoudre à penser qu'il était criminel. Le petit et Aline avaient été traumatisés et les gendarmes emmenés par le capitaine de brigade Marmottan n'avaient pu conclure qu'à un accident. La faute à pas de chance, avait-il proclamé. Imaginez donc vous lever en pleine nuit, tiré du lit par une odeur de bois cramé, sortir de votre chambre et voir votre foyer dévoré par les flammes. Pierre avait tout d'abord mis femme et enfant dehors, et tous trois regardèrent leur maison partir en fumée, en pyjama dans la neige épaisse, trop sidérés pour même hurler au feu.

Répondant à une impulsion qu'il ne pouvait expliquer, Pierre avait ordonné à Bruno et Aline de ne pas bouger et s'était jeté dans les flammes. Il en était ressorti vingt minutes plus tard, et dans son dos, le chalet fumait comme un feu de camp sur lequel on vient de jeter un seau d'eau. Quand on l'interrogeait sur cet exploit, Pierre lui-même ne pouvait rien expliquer. Il avait agi dans un état de transe, un déni actif, et quand il prétendait qu'il n'avait aucun souvenir de la manière dont il avait étouffé les flammes pourtant vives, il était sincère. L'histoire avait circulé dans toute la vallée du Miroir et pour certains ce type était un véritable héros. Aussi fascinant qu'une légende qui exalte ceux qui l'écoutent, ce récit avait fait une sacrée publicité pour l'homme et ses réalisations. La légende de Pierre Roussin prenait forme et on imagine aisément quel effet cela produisit sur Léon Empereur.

Ce qui nous mène à un autre exploit que l'entrepreneur accomplit cet hiver : celui de faire revenir les touristes aux Confins. Des ondes de la vallée du Rhône ou de Suisse, sa publicité radiophonique se déplaça judicieusement vers la côte méditerranéenne, les régions de Bordeaux, de Paris, de Lille, et jusqu'en Belgique. Autant de contrées qui n'avaient pas eu vent de rumeurs nauséabondes. Si bien qu'au printemps, le carnet de réservations pour l'hiver 1966 était presque plein. Empereur et consorts n'en revenaient pas. Malgré tous leurs efforts pour mettre un terme à ses ambitions, ce foutu étranger trouvait toujours le moyen de rebondir. C'était incompréhensible et fondamentalement rageant. Celle qui ne fut pas surprise de ces retournements de situation, ce fut Aline. Car à vrai dire, avant qu'il conçoive le projet des Confins, elle l'avait vu échouer plusieurs fois. Mais Pierre remontait toujours sur le vélo de son destin, et se remettait à pédaler toujours plus fort.

Si l'on revient quelques instants à Ludivine, le retour en grâce de Pierre lui apportait un bonheur immense. Sentiment qu'elle cachait comme elle pouvait à son mari. Elle n'était pas dupe. Les événements de l'hiver passé, tous ces sabotages en règle dont son village fut la cible l'avaient profondément traumatisée, d'autant plus qu'elle en devinait les auteurs. Écartelée par la situation, elle subissait les regards complices de tous les commerçants du village. Leurs airs entendus signifiaient qu'ils la considéraient comme acquise à la cause des Empereur. Après tout c'était une Empereur. C'est à cette période-là qu'elle sombra dans une mélancolie clinique et qu'elle s'isola pour dormir autant qu'elle pouvait. Son silence forcé l'avait dévorée de l'intérieur. Aline voyait de moins en moins son amie, qui s'était mise à fuir d'abord son regard, puis sa présence, et bientôt refusa toute visite. Le Dr Collomb prétendait qu'elle était malade et qu'il n'y avait plus rien à faire. Son mal que l'on ne nommait jamais devint opportunément très contagieux. Comme une lépreuse, on la tint à l'écart de tout ce bazar car si elle ouvrait la bouche, elle risquait de tout dévoiler, ce qui n'était pas une option pour Léon. Bientôt, ce dernier invita le médecin et le maire à bourrer la femme de sédatifs, et la belle Ludivine s'éteignit à tout jamais. Elle mourut dans son sommeil à l'approche de l'hiver dont nous parlons ici. Aline en fut dévastée.

Comme dirait Marmottan, grand spécialiste des lieux communs, jamais deux sans trois. Pierre Roussin cet hiver remporta une autre victoire au terme d'une intense bataille administrative. Il avait su garder de précieux amis au Rotary Club de Lyon, d'honnêtes gens dont les positions avaient bien évolué et qui s'étaient toujours étonnés du tour improbable qu'avait pris la vie de l'architecte. Quelle idée avait-il eue de s'aventurer dans cette malheureuse affaire ? Mais en réalité ils étaient soufflés par tant d'originalité et de courage. Aussi ces quelques individus lui apportèrent leur soutien car ils n'aimaient pas voir un vieil ami s'empêtrer dans ce bourbier qu'il leur avait si bien décrit. Les détails de ces démarches administratives et ce qu'il dut vraiment faire pour les voir aboutir importaient peu. Mais le résultat avait une tout autre valeur.

Le 29 octobre 1966, date que Pierre pensait pouvoir se rappeler comme un tournant dans sa vie, il remontait depuis la plaine vers Bourg-le-Beauregard au volant de sa Simca, un peu plus vite que de coutume. Il faut le comprendre car, dans sa sacoche sur le siège passager se trouvaient les permis de construire tant convoités. Celui de la gare d'arrivée de la télécabine, et comble du bonheur, celui autorisant la construction de l'hôtel de La Bergerie. Une réalisation qui non seulement le rendrait riche, mais qui d'un point de vue architectural ferait référence et lui apporterait la reconnaissance artistique qu'il espérait peut-être plus que tout au monde. À la radio on passa « La Montagne » de Jean Ferrat, un tube que Pierre chanta à tue-tête, ce qui ne lui ressemblait guère. Mais son exaltation n'avait d'égale que son impatience d'annoncer tout ça à sa femme. La musique, ses succès à venir, le soleil qui se couchait dans l'axe de la vallée : c'était un de ces moments où tout semble s'agencer dans un seul et unique but, celui de nous rendre heureux. Immortels.

Le 29 octobre, c'est aussi l'anniversaire de Lucien. Depuis la mort de sa mère personne ne le lui a souhaité et lui-même n'y pense jamais. Se rappelle-t-il seulement qu'il est né ce jour-là ? Rien n'est moins sûr. Alors comme chaque année pour Lucien, c'est un jour comme un autre. Mais en fin d'après-midi on frappe à la porte de sa masure. C'est Émile qui lui souhaite un joyeux anniversaire. Ça, Lucien n'en revient pas. Il ne sait même pas comment réagir ni quoi répondre, à part d'accord, avec un sourire niais. Et déjà Émile l'entraîne par le coude et dit que ses amis ont une surprise pour lui. Des mots « surprise » ou « amis », difficile de savoir lequel lui cause le plus d'émoi. Il se laisse entraîner par Émile, qui lui apprend que tous ont prévu un dîner en son honneur. Encore un mot que Lucien ne sait pas comment prendre. D'accord, d'accord, répète-t-il. C'est la Noël avant l'heure, dis donc. Mais non, justement, lui rétorque Émile, c'est son anniversaire. Et il ne faut pas traîner car ils sont attendus. Mais où peuvent-ils bien aller ? La fête est prévue chez Rochard, ou plutôt dans son garage, à Viclaire. Alors les deux hommes montent dans l'Ami 6 d'Émile et les voilà partis. Lucien a les yeux écarquillés et s'inquiète de sa tenue auprès d'Émile. Sans même jeter un coup d'œil à sa dégaine qu'il ne connaît que trop bien, le maire le rassure. Tu es parfait, Lucien.

De son côté Pierre fait un petit arrêt à Bourg pour faire des emplettes. Il achète du champagne Bollinger, qu'Aline adore. Mince, ce n'est pas tous les jours qu'on peut se réjouir de la sorte. Il a tellement négligé sa femme depuis le temps… Il faut qu'il rattrape le coup. Alors, en passant devant le poissonnier, Pierre s'arrête à nouveau et achète deux douzaines d'huîtres, du beurre Bordier, et du pain de seigle. Aline qui vient du Morbihan en raffole et il ne peut se rappeler la dernière fois qu'elle y a goûté. Et Bruno alors ? Mort de honte, Pierre réalise qu'il ne sait même pas quel âge il a maintenant. Six ou sept ? Impossible d'en avoir le cœur net. Quel père fait-il ? Pierre pile devant la maison de la presse et achète les cinq petites voitures Dinky Toys qui se trouvent en vitrine. À la caisse il pense enfin à lui et s'autorise quelques cigares. C'est parfait tout ça. Il peut reprendre la route.

Chez Rochard dans le hameau de Viclaire, Lucien est déjà rond comme une bille. À sa grande surprise il a trouvé là devinez qui, Rochard bien sûr, qui est chez lui, Marmottan (en tenue de gendarme, bizarre pour un anniversaire), Creneguy et Collomb qui ne pipent pas mot, et Braffaz qui ne veut pas s'asseoir. Aussi il y a Léon qui porte un costume plus cher que la maison où ils se trouvent tous. Dame ! Alors ça c'est un honneur auquel Lucien ne s'attendait pas. D'ailleurs il ne s'attendait à rien. La table n'est pas mise, rien au four, aucun ici présent n'a jugé bon d'amener sa femme, et Rochard porte encore sa combinaison de travail et sert le whisky de ses mains crasseuses. Mais ce n'est pas le genre de détails qui perturbent Lucien. Il a à boire et, vrai de vrai, il a des amis. Des gens de la haute. Si sa mère pouvait voir ça !

À présent Pierre remonte la D909 et la nuit est tombée. Il modère son allure malgré l'excitation. Il en a vu des choses dans sa vie, mais là, il trépigne comme un gosse. Le voici qui passe devant son panneau publicitaire indiquant la route des Confins. Bientôt il pourra en changer le visuel et l'accroche. Il s'imagine déjà commander aux illustrateurs une nouvelle version avec les télécabines Muller et la silhouette de son hôtel d'altitude. Pierre tourne prudemment et s'engage sur la D132 en direction de son petit royaume. Il a gagné.

Chose incroyable, chez Rochard les invités n'ont quasiment pas touché à leurs verres. Pour sa part Lucien en est à son douzième et il a son compte. Il a chaud et quand il essaie de se lever pour aller se soulager le pauvre homme s'étale de tout son long sur la table basse. Tout prévenants qu'ils sont, ses amis le relèvent. Tout va bien, Lucien. Tout va bien. Ah, heureusement qu'ils sont là. En le prenant chacun sous une épaule, les plus costauds le portent. C'est fou ce qu'il est lourd, cette grosse barrique. On lui propose d'aller prendre l'air, et sans donner de réponse le voici qui fait quelques pas, si l'on peut nommer ça ainsi, sur la route au clair de lune. Lucien respire un grand coup mais il lui est impossible d'ouvrir les yeux. Il baragouine un patois incompréhensible, et cette drôle de compagnie remonte la pente en direction du lacet de Viclaire. Les autres suivent en se tenant à distance, tête baissée. Épuisés par le poids du chauffeur, Rochard et Marmottan s'immobilisent, Lucien a un sursaut de lucidité. Ne pourrait-on pas rentrer ? Il a froid et aimerait s'allonger. Léon arrive à sa hauteur et lui donne de petites claques pour que Lucien l'écoute. Qu'il se rassure, ses amis vont bientôt le remonter chez lui mais pas tout de suite. C'est alors qu'ils entendent le ronronnement d'une voiture qui remonte vers eux.

Pierre a de la chance car la route est presque claire. À peine un petit filet de neige. À l'embranchement des deux départementales il a hésité à mettre les chaînes mais son impatience l'en a dissuadé. Il est dans la ligne droite qui mène à Viclaire et tient bonne allure.

Le bruit du moteur qui s'approche réveille Lucien et tout à coup, il est ébloui par des phares qui lui foncent dessus. Il sent de puissantes mains qui le poussent dans le dos, d'un coup sec ! Impossible de rester debout car en plus, on lui a fait un croche-pied. Lucien s'effondre sur la route et tout ce qu'il voit, c'est la calandre d'une voiture qui lui fonce dessus. Ça y est, il va mourir. La dernière chose qu'il aperçoit avant de se recroqueviller pour encaisser le choc, ce sont les pneus qui s'apprêtent à l'écrabouiller. Mais au lieu de ça, il ressent comme un souffle et d'aigus crissements de pneus lui percent les tympans.

Lorsque Pierre se prépare à prendre le virage de Viclaire, un homme se jette dans la lumière de ses phares, à peine cinq ou dix mètres devant lui. Il tourne le volant pour l'éviter et sort de la route côté ravin. Son coup de frein ne sert à rien car ses pneumatiques n'ont aucune prise. Son véhicule s'envole dans le vide et rencontre les mélèzes qu'il n'a jamais vus d'aussi près, ni sous cet angle. Aussi absurde soit-elle, c'est bien sa dernière pensée. L'automobile vient s'empaler sur une branche massive qui traverse l'habitacle de part en part et le tue sur le coup. Tout s'est déroulé en moins de deux secondes. Pierre ne s'était pas trompé. Ce jour du 29 octobre 1966 est bien le tournant de sa vie.

Le moteur ronronne encore. Les phares sont allumés. Les hommes se plantent au bord de la route et contemplent leur œuvre. Tous sont assez choqués, à l'exception de Léon qui siffle entre ses dents comme s'il voyait passer une paire de fesses inoubliable. Avec le dénivelé, la voiture se retrouve perchée à bien six ou sept mètres de hauteur. Comment vont-ils grimper là-haut, se demande Léon.

Mais c'est plutôt à ses larbins que s'adresse cette question. Lui est bien trop habillé pour faire un pas en dehors du macadam. Alors ils se mettent au boulot. Ils ont intérêt à se magner car si quelqu'un passe les choses vont se compliquer. Et chacun connaît son rôle. Le pauvre Collomb est chargé de déverser de l'alcool dans l'estomac du malheureux. Il a apporté un drain relié à une poche médicale remplie de scotch. L'idée le terrorise d'avance et après dix minutes d'efforts pour atteindre l'habitacle – il manque de tomber plus d'une fois mais sous les vociférations d'Émile, le médecin ne peut qu'obéir – il découvre dans quel état se trouve le corps. Il ne peut pas intuber l'architecte par la gorge car une branche d'un diamètre assez important, peut-être quarante centimètres à cet endroit-là, a parfaitement transpercé l'architecte au niveau du sternum. Il va devoir aller chercher l'estomac au travers de la blessure. Assis sur sa branche, Collomb enfile de grands gants d'équarrisseur en caoutchouc noir et, par la vitre côté conducteur, il plonge dans les entrailles de l'architecte et fiche le drain dans ce qu'il estime être l'estomac. Le docteur presse sur la poche pour la vider du scotch qu'elle contient. Toujours dans les bons coups, Rochard lui hurle de ne pas oublier de déposer dans la voiture la bouteille vide que Collomb a au fond de son sac. Le garagiste, resté sur le bord, se précipitera chez lui une fois l'affaire conclue pour appeler les gendarmes et jouer au témoin choqué.

Au pied de l'arbre, Marmottan supervise les opérations. Il veille à ce que personne ne laisse de trace ou de détail insolite. Il exhorte le docteur à ne surtout pas vomir sur la portière, ou pire, dans l'habitacle. Ce serait compliqué à expliquer et la tâche du gendarme, à savoir maquiller le tout en accident, s'annonce déjà assez difficile comme ça. Creneguy est chargé d'inspecter le coffre par acquit de conscience. Sa tâche est dangereuse car il doit ramper le long des branches parallèles à l'axe de la voiture. Quand il y parvient, il ouvre le coffre, qui est vide. Du début à la fin, il n'aura pas servi à grand-chose celui-là.

Émile monte dans le mélèze et atteint la Simca côté passager. Il éclaire l'habitacle de l'automobile à l'aide d'une lampe torche. Lui aussi est ganté. Il ouvre soigneusement la portière puis la sacoche de Pierre qui se trouve sur le siège et en retire les deux permis de construire. Mais avant de redescendre, il remarque des sacs d'épicerie éparpillés sur le tapis de sol. Mazette, une bouteille de champagne et deux bourriches. Chacun s'étant acquitté de sa tâche, tous redescendent et laissent Pierre et sa Simca accrochés à leur branche. Léon brûle immédiatement les permis, dont les cendres se dispersent dans la vallée du Miroir.

Automne 1966

Il reste une question sur laquelle personne n'est d'accord. À qui reviennent la bouteille de Bollinger et les deux douzaines de Marennes Oléron ? C'est alors qu'une voix d'outre-tombe leur demande ce qu'ils fabriquent. Ils sursautent et portent tous une main au cœur. Mais ce n'est que Lucien qui vient de revenir à lui. Ils l'avaient déjà oublié, le con.

Hiver 1984

Le brigadier du nom de Paul Grand, en poste à Bourg-le-Beauregard à cette époque, était un gendarme honnête et plutôt sympathique. Tout le monde s'accordait à dire qu'il manquait cruellement de flair, une idée si unanime qu'il s'en était convaincu. Il faut dire, à sa décharge, que du haut de ses vingt-sept ans il n'avait pas beaucoup de kilomètres au compteur et encore moins d'occasions de briller. Tous en ville l'appelaient Grand Dadet – même ceux qui ne le connaissaient pas assez pour de telles familiarités –, et ce en raison de sa grande taille et de son air naïf, ce qu'il n'était pas pour autant. Car dès la fermeture de la route du col de l'Étale, quand cette tempête de neige historique s'était abattue sur la région et avait définitivement condamné la route, d'étranges événements l'avaient interpellé.

Alors qu'il était assigné au comptoir de l'accueil de la gendarmerie, il reçut cet étrange coup de fil. Le gérant d'une entreprise de transport de boissons se disait inquiet de la disparition d'un de ses camions. Visiblement le conducteur du véhicule ne l'intéressait pas le moins du monde, il n'y avait que sa marchandise et le véhicule dont il s'inquiétait, ce qui d'entrée de jeu eut le don d'exaspérer Paul Grand. Le gendarme invita le gérant à se calmer et à lui raconter ce qu'il savait exactement. Le type raconta qu'un chauffeur nommé Joël (Joël comment, il ne savait plus) n'était jamais revenu de sa dernière tournée. Ce Joël, aux commandes de son camion chargé d'une grande quantité de bières, vins et spiritueux, devait livrer un trou paumé qui s'appelait Les Confins. Les clients étaient un hôtel et une épicerie. Et bordel, le gérant n'avait plus de nouvelles depuis trois jours ! Il ne cessait de demander au gendarme qui allait le rembourser, à la fin.

Paul Grand nota les informations et fit la promesse qu'il donnerait suite à condition que le gérant fasse une déposition à la caserne, ce que l'intéressé finit par faire en ne cessant de ronchonner. Comme tout bon gendarme ou policier, Paul Grand partait du principe que ce n'était peut-être rien du tout. Le type était tombé en panne là-haut et voilà tout. Au pire cela ressemblait à un simple vol de marchandise et on publierait un signalement du véhicule, et de ce fameux Joël. Avant toute chose le gendarme trouva dans le bottin les coordonnées des clients que lui avait indiqués cet imbuvable plaignant. Un certain Braffaz et un type nommé Creneguy. Il composa les deux numéros et constata qu'ils étaient bien attribués mais que les lignes étaient coupées. Cette tonalité, il ne l'avait pas entendue souvent.

Comme beaucoup de monde dans la vallée, Paul Grand avait une vague connaissance des Confins. C'était un hameau dont on avait décidé par sécurité de couper la route en hiver et voilà tout. On savait aussi que quelques types un peu fadas restaient là-haut et que c'était une ancienne station de ski qui n'avait pas marché fort. Que là-haut, ils n'aient pas de téléphone en état de fonctionnement, cela ne l'étonna pas outre mesure. Après tout si ces types restaient aux Confins pour l'hiver, c'est qu'ils voulaient être tranquilles. Aussi il suivit la procédure et lança un avis avec l'immatriculation et l'identité du chauffeur. Puis il oublia cette histoire. Il n'avait pas que ça à faire. À cette époque de l'année, la pleine saison, les gendarmes étaient débordés et une urgence chassait l'autre. L'agglomération de Bourg et le secteur des Grands Mignes leur donnaient bien assez de boulot comme ça. Partout les voitures de vacanciers mal équipés coinçaient les routes. On avait des chiens errants. Des blessures et des petits larcins. Des réclamations en tout genre.

Mais un mois plus tard, l'affaire prit une drôle de tournure. Les collègues de Juan-les-Pins signalèrent à Paul Grand qu'ils avaient trouvé le fameux Joël, mais pas le camion. Le chauffeur recherché, un génie du crime visiblement, était descendu à l'hôtel Belles Rives, un palace hors de prix, et s'était inscrit sous son vrai nom. Il s'était vite fait remarquer par ses manières grossières et la quantité de fric qu'il jetait par les fenêtres. Et voici la version que Joël avait livrée aux gendarmes qui l'avaient interpellé...

Soi-disant, le type avait chargé sa marchandise à Albertville et avait rejoint Bourg sans escale ni crochet. Soi-disant, il avait atteint la rocade de Bourg et ça coinçait, alors il s'était garé sur le grand parking de la gare routière pour attendre que ça passe. Soi-disant, il était allé boire une bière au relais parce que ça ne passait toujours pas et qu'il en avait marre d'attendre dans sa cabine. Soi-disant, un grand type aux yeux bleus l'avait suivi jusque dans les toilettes et lui avait offert quarante mille francs pour laisser tomber son camion dans le ravin sur la route des Confins.

À ce stade du récit, Paul Grand eut le frisson. Pour une fois il avait eu l'ombre d'une intuition et merde alors, il ne s'était pas fait confiance. Il pria l'autre gendarme au bout du fil de poursuivre. Joël avait cru à une arnaque car on ne la lui faisait pas facilement, à Joël. Mais le type, le grand blond aux yeux bleus, avait sorti un chèque et y avait inscrit la somme de quarante mille francs, en chiffres et en lettres. Paul Grand déjà s'impatientait et pressa son collègue d'en venir au fait. Joël qui n'était pas né de la dernière pluie avait demandé des preuves.

Alors le type avait sorti un relevé de banque et Joël y avait vu que le compte en question était créditeur du double, au moins. Alors il avait accepté la proposition, quitte à perdre son boulot qui lui rapportait à peine trois mille par mois, et en se cassant le cul avec ça. Paul Grand jugea que le calcul à long terme n'était pas très judicieux, mais se passa de tout commentaire.

Le type aux yeux bleus avait ensuite donné des instructions très précises à Joël. Il lui fallait remonter la route des Confins jusqu'à cette épingle isolée qu'il lui avait montrée sur une carte. Ensuite il suffisait au chauffeur de se garer dans le bon sens, ou le mauvais c'est selon, puis de relâcher le frein à main et de laisser tomber le camion dans le vide. Pour redescendre sans croiser personne, le type lui avait indiqué un chemin de randonnée. Une fois en bas Joël ferait du stop jusqu'à Bourg et pourrait monter dans le premier train. Et soi-disant, c'est exactement ce que le chauffeur avait fait. Arrivé à Annecy, il avait déposé le chèque et attendu dans un hôtel miteux qu'il soit encaissé. Sa fortune faite, il était parti sur la Riviera où on l'avait cueilli comme un âne. Bien entendu, Joël ne se rappelait pas le nom de ce type. Sur le chèque, il n'avait eu d'yeux que pour la somme qu'il représentait.

Cette histoire n'avait aucun sens. Qui était ce type prêt à gâcher une telle somme pour un sabotage qui ne profitait à personne ? Paul Grand, excité comme une puce, emprunta une voiture de service et voulut monter jusqu'à l'endroit indiqué par le chauffeur. Mais il dut rebrousser chemin quand, au niveau du hameau de Viclaire, il fit face à un mur de neige qu'il ne franchirait pas de sitôt. Un instant il conçut l'idée de s'équiper de peaux de phoque et de remonter en direction du col de l'Étale à la recherche de l'épave du camion. Puis il réalisa que c'était idiot. Il y avait plus simple pour vérifier les racontars du transporteur.

De retour à la caserne le gendarme s'attacha à retrouver la trace du chèque. L'agence Crédit agricole d'Annecy où Joël avait déposé le chèque lui en envoya une copie trois jours plus tard. C'était donc vrai. Le type aux yeux bleus s'appelait Bruno Roussin. Il fut très facile à retrouver. Il était même un peu célèbre, un écrivain de Paris. Tout cela devenait de plus en plus bizarre et Paul Grand, qui n'avait jamais eu l'ombre d'une enquête à élucider, était bien décidé à percer ce mystère sur lequel il enquêtait sans rien en faire savoir à sa hiérarchie. Il souhaitait avancer un peu plus et faire un coup d'éclat auprès de ses supérieurs. Cette histoire l'obsédait déjà. Il ne pensait plus qu'à ça jour et nuit. La question qui le rendait fou, c'était pourquoi ce Roussin avait fait un chèque au lieu de filer du liquide au chauffeur. N'avait-il pas peur qu'on le retrouve ? Ce mélange d'organisation et d'inconscience le laissait songeur.

Le sort de Joël, il s'en foutait royalement. Son instinct lui disait qu'il se passait quelque chose d'insolite et il se mit à la recherche de ce Bruno Roussin, un type qui faisait des chèques de quarante mille francs à des inconnus rencontrés dans des relais routiers de Savoie alors qu'il écrivait des bouquins à Paris. Rien de tout cela ne tenait debout… Jusqu'à ce que Paul Grand parvienne à contacter l'éditeur de ce Roussin. Ce dernier lui apprit que l'écrivain n'était pas à Paris en ce moment mais dans un village de Savoie où il avait grandi, un coin impossible dont il ne se rappelait pas le nom. Paul Grand lui suggéra celui des Confins. Oui, c'était bien ça. L'éditeur demanda si quelque chose de grave était arrivé mais il n'eut aucune réponse car le gendarme était tombé de sa chaise. Que diable se passait-il là-haut ? Enfin, le gendarme crut bon d'alerter son chef.

Paul Grand racontait mal. Sa plus grosse erreur fut de prononcer le mot « hélicoptère ». Son chef se fâcha et l'interrompit avant même d'entendre la fin. Il ordonna à Grand de se rasseoir derrière son comptoir, de la boucler et de se contenter de répondre au téléphone. Ils avaient d'autres chats à fouetter, et bien réels. Les investigations de Paul Grand se terminaient ici.

L'auteur de ces lignes aimerait faire état d'une belle enquête. Celle d'un petit gendarme capable de résoudre envers et contre tous ce qu'on aurait alors appelé l'affaire des Confins. L'histoire d'un sans-grade capable de percer à lui tout seul le mystère de cet hiver 1984, et qui ce faisant aurait vivement impressionné tout le monde, en partant de son chef jusqu'au préfet de Haute-Savoie, voire quelques ministres. Mais il n'en fut rien. Et Paul Grand passa le reste de l'hiver entre le standard de la caserne et de petites missions insignifiantes.

Hiver 1966

À la suite de l'accident de Pierre, le défunt fut couvert d'opprobre. Aux yeux de tous ce n'était finalement qu'un petit aventurier sans envergure. Dépassé par sa folie des grandeurs, criblé de dettes et incapable de faire face à la situation, cet escroc s'était logiquement mis à boire et avait trouvé la mort au volant de son automobile. Il s'était planté et laissait femme et enfant seuls, ainsi qu'un village entier sur le carreau. Quel manque de courage, tout de même.

Le déshonneur frappa tous ceux qui l'entouraient, ou plutôt les seules personnes qui ne pouvaient colporter de tels mensonges sans rougir d'indignation. Et en premier lieu, sa famille. Aline n'était plus que chagrin et désespoir et plus personne ne lui adressait la parole, si ce n'est Émile pour lui conseiller d'essayer de vendre tout ça, vite fait bien fait. Peut-être pourrait-elle ainsi éponger une partie des dettes qui lui revenaient. Il lui indiqua le chemin du bureau de vente des Grands Mignes où l'attendait Léon, un homme bon qui, lui, avait réussi et qui saurait sûrement l'écouter.

Ce qu'Aline découvrit ce faisant c'est que Léon – au moyen de montages savants et à la faveur de tous les prête-noms qui le dissimulaient – était déjà copropriétaire de la majorité des installations. Seuls restaient à l'actif d'Aline les 51 % de la SHVC qu'elle avait hérités de Pierre. Des parts qui ne valaient plus rien et dont Léon ne voulait pas. D'ailleurs personne n'en voudrait. Ce que voulaient Léon et les banques, c'était qu'on les rembourse, et vite. En quittant les lieux, Aline ne fit pas plus de deux kilomètres au volant de sa voiture de location.

Sans horizon, brisée, incapable de redescendre cette vallée pour reprendre le cours de son existence, Aline préféra se laisser tomber du haut du barrage des Grands Mignes. Son corps ne put jamais être retrouvé, désintégré par le choc. On retrouva sa voiture de location garée en plein milieu de la route du barrage, à cheval sur la ligne blanche, la portière grande ouverte. Sur la banquette arrière se tenait un petit garçon au teint pâle, parfaitement immobile, les mains posées sur les cuisses et le regard vide.

Printemps 1984

Paul Grand fut tiré de sa léthargie par une folle agitation au sein de la caserne. On courait à droite, à gauche. La mine des hommes n'annonçait rien de bon. Quelque chose s'était passé là-haut, aux Confins, et on avait besoin d'absolument tout le monde, même du simple gendarme Grand qui avait passé la saison au placard suite à ses élucubrations. Tous grades confondus les hommes en uniforme se bousculaient pour attraper des képis, des armes, des bottes et des vestes chaudes. Et sur le parking de la caserne, le manque d'organisation ressemblait au pire amateurisme. Surchargés de gendarmes au teint livide, les véhicules se précipitèrent hors de leurs places de stationnement et on évita de peu maints carambolages avant même que les roues ne touchent la surface de la voie publique.

Paul s'engouffra dans l'un des véhicules et le convoi remonta la D909 puis la D132 pour se diriger vers Les Confins. Le soleil qui brillait sans interruption depuis une bonne semaine avait fait le travail attendu. Aussi la route avait été parfaitement dégagée par ce chasse-neige dont le chauffeur avait été le premier témoin de l'état du village. Sans s'y enfoncer plus avant, il avait rebroussé chemin et donné l'alerte à peine redescendu.

À l'altitude où se trouvaient Les Confins, la neige n'avait pas tout à fait dit son dernier mot. Elle s'amoncelait encore en d'épaisses congères et, aux endroits où elle était le plus exposée à la course du soleil, elle avait simplement perdu de sa densité et de sa hauteur. On s'y enfonçait encore allégrement et la plupart des hommes en bleu n'étaient pas équipés pour ces déambulations. Mais cela ne les empêchait pas de courir aux quatre vents tant la scène de crime était vaste.

Ce qu'on pouvait entendre en débarquant là-haut, c'était une succession d'annonces criées par tel ou tel gendarme dès qu'il découvrait un nouveau corps. Il y en avait partout, dans les chalets consumés par le feu, dans les petites ruelles, aux alentours du hameau, piégés dans des congères qui ne laissaient apparaître qu'une partie de dos, une main, un visage noir de gel. Et plus haut, dans ce chalet isolé qui dormait sur les pentes du massif de la Balme, on demandait du monde aussi. C'est dans cette direction que Paul Grand se dirigea pour se rendre utile. Il espérait secrètement que ce chalet excentré serait moins chargé de cadavres que ne l'était le village tout entier. À vrai dire, il n'avait jamais encore vu de mort en vrai, et partout dans la haute vallée on hurlait en trébuchant sur de nouveaux corps, ce qu'il redoutait plus que tout. Les annonces frappaient les falaises de part et d'autre, si bien que lorsqu'on annonçait la découverte d'un cadavre, avec l'écho la montagne en comptait trois. Paul était vivement impressionné et fuyait déjà le cœur des combats pour se préserver.

En remontant la pente il put constater son erreur de jugement. De ce côté-ci la neige avait davantage fondu et déjà il pouvait deviner que, devant la porte du chalet, se trouvait un corps étendu. Suite à ses recherches effectuées au début de l'hiver, et malgré l'état du corps, Paul Grand put l'identifier assez rapidement car il avait déjà vu cet homme-là en photographie. C'était Bruno Roussin, l'écrivain. Sa position par rapport à la porte ainsi que l'orifice qui lui creusait la joue laissait à peu près deviner le scénario. À peine avait-il ouvert la porte qu'on lui avait tiré dans le visage. Ou peut-être l'avait-on abattu à l'intérieur avant de se débarrasser de son corps comme on sort les poubelles. Ce ne furent là que des suppositions auxquelles aucune conclusion sérieuse ne se substitua par la suite. D'une manière générale, les conditions disons pratiques de l'accomplissement d'un tel massacre resteraient non élucidées. Comme la véritable raison de tout ce cirque.

Le chalet de la Balme avait lui aussi brûlé de fond en comble. Aux quatre coins subsistaient des vestiges de murs porteurs. À l'intérieur, la lumière du soleil perçait à travers la toiture aux trois quarts mangée par l'incendie. On y trouva deux corps calcinés sur lesquels la charpente s'était fracassée, sûrement après leur mort. Bien plus tard, après enquête et examen de leur dentition, ils seraient identifiés. Il s'agissait de Marmottan, un ancien capitaine de gendarmerie bien connu dans la vallée du Miroir qui profitait de sa retraite aux Confins. L'autre était un garagiste du nom de Rochard, à la retraite également. Autour de Paul Grand les gendarmes ne cessaient de piétiner la scène et les indices potentiels qu'elle recelait. Toute cette émotion fut aussi une des raisons pour lesquelles aucune conclusion ne fut possible. Les plus inspirés passaient des appels radio pour demander tout et n'importe quoi. Et Paul Grand fut le seul à faire fonctionner un tant soit peu sa cervelle.

Les corps des deux hommes étaient absolument méconnaissables, littéralement grillés par les flammes et ensuite figés par le gel. Le troisième effet qui rendait leur aspect absolument insoutenable, c'était cette chaleur qui était revenue depuis une huitaine et qui apportait une dernière couche d'horreur avec leur décomposition. On aurait dit des répliques de grands brûlés en caoutchouc démoulées trop chaudes. Paul Grand soutint cette vision quelques secondes grâce à un courage dont il ne se savait pas capable, et fut frappé par un détail.

L'un des deux corps avait, à sa main droite, les doigts parfaitement sectionnés en ligne droite au niveau de la deuxième phalange. C'était net. La blessure tranchait avec le marasme qu'étaient devenus les corps. Alors, se fixant sur ce détail comme pour ne pas succomber à l'épouvante que lui inspiraient toutes ces découvertes, Paul Grand se mit à chercher la raison de cette amputation comme on cherche ses clefs. Il se mit à tourner en rond dans le grand salon qui ressemblait à un baraquement bombardé. Il ne trouva aucune arme blanche ni bris de verre d'une taille suffisante pour occasionner de telles blessures. Les autres gendarmes n'avaient cure de cette jeune recrue qui tournait en rond. Ils se contentaient de s'agiter dans tout le chalet et ne faisaient que corrompre davantage les maigres indices qui s'y trouvaient.

C'est alors que Paul aperçut le coin d'une trappe sous ce qui restait d'un escalier qui s'était effondré. Il dégagea soigneusement la zone de tout ce bois qui n'était plus que charbon et vieilles vis ou écrous noircis. Là se trouvait en effet une trappe dont l'ouverture formait un parfait carré. Le gendarme se saisit de l'anneau en métal qui permettait de l'ouvrir et tira de toutes ses forces pour relever le lourd battant. Il faisait tout noir là-dessous et une odeur indescriptible lui fit tourner la tête. Le gendarme alluma sa lampe torche et projeta le faisceau à la verticale. Il y avait là une échelle qui menait à une cave en pierre, seule pièce qui avait pu être épargnée par le feu. Le rond de lumière de la lampe torche rencontra le sol en béton, quelques mètres plus bas, et révéla à Paul Grand ce qui se trouvait au pied de l'échelle. Quatre doigts d'homme gisaient là, sûrement sectionnés par la fermeture brutale de la trappe que Paul Grand venait d'ouvrir et dont il avait pu éprouver la masse si importante.

Le brigadier fut donc le premier à descendre et se surprit à demander s'il y avait quelqu'un. Et il y avait quelqu'un. Il l'entendait haleter. Il éclaira le coin de la cave et sursauta en découvrant une petite femme exsangue, accroupie dans un coin, en guenilles, le corps plein de griffures qu'elle s'était elle-même administrées. Elle ne hurla pas quand le faisceau de la lampe lui frappa le visage. Elle ne cligna pas un œil non plus. Elle ressemblait à un animal sauvage qui s'était trop battu, qui était trop blessé, résolu à admettre son triste sort.

Printemps 1984

Employant la plus grande douceur, Paul Grand lui promit que tout irait bien désormais et lui demanda comment elle s'appelait. Mais la jeune femme ne répondit rien. Et jamais plus elle n'ouvrirait la bouche.

Épilogue

Les événements qui se déroulèrent durant l'hiver 1984 dans le petit village des Confins, isolé à 1 644 mètres d'altitude, n'eurent que peu d'échos dans la presse régionale ou nationale, et ce pour la bonne raison que personne ne parvenait à les expliquer. Néanmoins l'auteur de ces lignes a retrouvé la trace des deux seuls survivants : une jeune femme nommée Corinne et un certain Léon Empereur, qui de ces événements tient grande responsabilité.

Après une longue période d'hospitalisation et de nutrition forcée, Corinne fut internée un temps dans les unités de soins psychiatriques d'Albertville. Ses parents, fatigués par ces allers-retours, décidèrent finalement qu'ils s'en occuperaient eux-mêmes à leur domicile de Besançon. Aujourd'hui Corinne vit dans une chambre de bonne dont ses parents sont propriétaires, neuf mètres carrés situés au sixième étage. Tous les matins sa mère lui porte ses repas ainsi qu'une nouvelle ramette de papier que Corinne couvre de nervures de bois. Et chaque jour sa mère redescend tenant sous son bras l'œuvre de sa fille, des centaines de pages qu'elle s'empresse de mettre au feu. Dans la chambre de Corinne l'atmosphère est viciée. Sur les conseils du personnel psychiatrique d'Albertville, ses parents ont préféré sceller la fenêtre.

Léon est mort à Marbella très récemment, riche et heureux comme un pape. Ses aventures savoyardes avaient définitivement pris fin quand en 1973, une avalanche avait ravagé une de ses trop nombreuses réalisations. À Val-d'Isère, la résidence de l'UCPA qu'il a fait édifier au beau milieu d'un couloir d'avalanche fut frappée en pleine nuit par la déferlante et on dénombra plus de quatre-vingts victimes, pour la plupart des adolescents. Les corps pris dans une neige devenue glace avaient dû être désincarcérés à la tronçonneuse. On les avait rendus à leurs parents par petits bouts. Léon Empereur ne fut jamais inquiété et de sombres subalternes ainsi qu'une poignée d'élus malchanceux en subirent seuls les conséquences. Toute cette histoire ne lui rappelait que des mauvais souvenirs, aussi avait-il préféré s'installer en Espagne où ses affaires prospéraient tranquillement.

Non loin des Confins, sur l'ancienne commune de Viclaire se trouve un cimetière. C'est ici que reposent côte à côte Aline et Pierre Roussin. Cependant, il ne vous sera pas facile de les visiter. Le cimetière est abandonné, comme l'ensemble des communes qui jalonnaient jadis la D132. Ici on ne trouve plus de hameaux, plus de chapelles, plus d'anciennes fermes, plus rien sinon un gigantesque Club Med qui ne compte pas moins de quatorze mille lits à lui tout seul, énième extension des Grands Mignes conçue pour attirer les devises étrangères, chinoises principalement.

L'été, on peut apercevoir les traces du vieux cimetière de Viclaire, en plein milieu d'une piste bleue qui porte le drôle de nom de Charmettes. Un œil averti y devinerait peut-être les contours de l'enceinte ainsi que quelques fragments de stèles fendues par l'âge et le gel.

Mais chaque hiver quand tombe la neige, les Roussin disparaissent à nouveau.

Et chaque jour des milliers de skieurs maladroits leur passent dessus.

Note de l'auteur

L'action des *Confins* se situe dans une vallée imaginaire : la vallée du Miroir. Un lieu composite dont la géographie s'inspire de celles des Aravis et de la haute Tarentaise.

L'intrigue des *Confins* s'inspire très librement des aventures de mon grand-père qui fut un des exploitants touristiques du site de La Clusaz. Ainsi ce titre est emprunté à un lieu-dit qui surplombe la commune, un site aujourd'hui prisé pour son lac et son plateau de ski de fond.

Comme tout entrepreneur, mon aïeul dut faire face à des vents contraires. Mais rien de comparable avec les faits ici relatés qui ne sont que pure fiction.

NORD COMPO
multimédia

Composition et mise en pages
Nord Compo à Villeneuve-d'Ascq

CET OUVRAGE
A ÉTÉ ACHEVÉ D'IMPRIMER
SUR ROTO-PAGE
PAR L'IMPRIMERIE FLOCH
À MAYENNE EN DÉCEMBRE 2021

N° d'édition : L.01ELIN000558.N001. N° d'impression : 99473
Dépôt légal : février 2022
Imprimé en France